寄傲南窗

范振斌 著

北方联合出版传媒（集团）股份有限公司

春风文艺出版社

·沈阳·

图书在版编目（CIP）数据

寄傲南窗 / 范振斌著. —沈阳：春风文艺出版社，
2022.12（2023.8重印）
 ISBN 978-7-5313-6357-6

Ⅰ. ①寄… Ⅱ. ①范… Ⅲ. ①诗词 — 作品集 — 中国 —
当代 Ⅳ. ①I227

中国版本图书馆CIP数据核字（2022）第213918号

北方联合出版传媒（集团）股份有限公司
春风文艺出版社出版发行
沈阳市和平区十一纬路25号 邮编：110003
永清县晔盛亚胶印有限公司印刷

责任编辑：崔　丹		责任校对：赵丹彤	
封面设计：刘青利		幅面尺寸：165mm × 235mm	
字　　数：120千字		印　　张：22	
版　　次：2022年12月第1版		印　　次：2023年8月第2次	
书　　号：ISBN 978-7-5313-6357-6			
定　　价：59.00元			

序

——诗品出于人品

杨洪思

2022 年 8 月 25 日，收到范振斌先生的诗词集《寄傲南窗》书稿，并来电嘱我为其作序，茫茫然不知所从。自古至今，凡为人作序者，非硕学鸿儒，即达仕名流，以为增色添彩。而我乃区区一介白丁，虽具乡友之谊，但无论是地位还是学识，范振斌先生与我可谓云泥殊路，岂敢布鼓雷门。然而，范振斌先生的一句"乡友知音，更接地气，望勿推辞"，仿佛一缕来自故土的骀荡春风，令人无由辞拒，只好奉命唯谨，惶然走笔。

《寄傲南窗》是范振斌先生的第三部诗词集。编著他自 2015 年至 2021 年创作的古风、格律诗、词曲 320 余首。多以作者退休后的工作、生活、事务为题材。有宦海回眸"尽道官身属太仓"的感怀悟彻，更有山水寄情"未妨寄傲向林塘"的淡泊逸致。范振斌先生的词风，隽永不失质朴；淡远更具豪放，追求唯真、唯诚、唯道，至真至善，师古不泥的雅尚诗品。格调清雅、意境高远、珠词玉韵，读来如甘醇入口，令人神怡心醉。

法国诗人波德莱尔说："诗人和诗的关系就像蚌和珍珠的关系，虽然珍珠是蚌最伟大的成就，但却以蚌受伤害为前提。"这种西方文化思想未免过于悲郁。但是，能口含珍珠的，必定是经历无数次惊涛骇浪洗礼磨砺的，采天地之灵气、聚日月之精华的珠蚌，而绝非那些仰卧沟渠，口吐泥沙的田螺。清代文学家刘熙载说："诗格，一为品格之格，如人之有智愚贤不肖也；一为格式之格，如人之有贫富贵贱也。""诗品出于人品。"诗以载志，有什么样的人品，就有什么样的情志。韵格平仄之间，映射着世间善恶美丑；也映射着诗人的雅俗清浊。孟子说："颂其诗，读其书，不知其人可乎?是以论其世也"。真正读懂一首诗或一本书，不但要了解作者的身世、经历、学识、品行，更要了解其所处时代的环境背景。所谓"颂其诗""知其人""论其世"也。

"玉树芝兰应笑慰，枝繁叶茂耀庭辉"。范振斌先生，出生于新宾满族自治县山水旖旎、钟灵毓秀的平顶山镇。范氏家族世代书香门第，尊父范老先生（1931年1月16日—2000年10月29日），是一位饱读经史子集、精研翰墨、博学贤智、德高望重的文学家、书法家和教育家。南朝王通说："兴衰资于人，得失在于教。"范氏家风，素以"重教立德"一脉传承，"穷不失义，达不离道。"在20世纪60年代，瓜菜充饥、蔬食不继的困难时期和十年动乱"读书无用，造反有理"的荒诞时代，大多家长漠视子女的教育问题。而范家则恰好相反，范父范母把教子成才、教子守德，作为家庭要务，含辛茹苦、节衣缩食、苦心竭力供子女读书。正是范父范母的悉心训育和懿范熏陶，范家兄弟姐妹，自幼养成热爱读书、热爱生活、知书达理的人格品质。当年在平顶山中心完全小学和新宾第六中学，范家学子留给老师和同学们的普遍印象是学习好、品德好、书法好，令老师称赞，让同学羡慕。

学生时代的范振斌，从小学到高中，始终是老师和同学心目中品学兼优的佼佼者，"德、智、体"三优的校园星范。记得1977年恢复高考之前，张吉友老师曾说过："如果范振斌考不上大学，新宾六中就没有一个能考出去的！"他果然不负众望，考入东北财经大学，成为恢复高考后第一批时代骄子。范家兄弟姐妹九人，除两个姐姐在恢复高考之前已参加工作无缘高考外，其余兄妹七人都是专科或本科及以上学历，成为工、商、学、政各领域的翘楚精英。芝兰玉树书香门第；甘露卿云和美人家。卓卓家风，垂范乡里，成为家乡父老称道慕习的典范。

2021年范老先生诞辰九十一周年之期，范振斌先生编撰的《芝兰玉树》付梓，收入范老先生创作的楹联、诗词、文献、信札200余（首）篇，以及范振斌兄弟姐妹九人，为悼念父母，寄托哀思所写的文章、楹联、诗词等佳作。这是一部重映时代背景、书写人间大爱的经典史籍，读之令人百感交集，潸然泪下。"白山苍苍，辽水泱泱，先生之风，山高水长！""芝兰玉树"是范氏家族卓然家风的最洽切定义。范振斌先生题《芝兰玉树》四韵结语：

家骥人贤出俊良，

唐风晋韵墨生香。

诗书昭衍千秋瑞，

忠孝承传百世昌。

太水迢迢歌锦绣，

平山屹屹耀焜煌。

漫寻轨迹接芳踵，

玉树芝兰福泽长。

"过眼流光真露电，惊心宦海半沉浮"（宋·周南）。1982年初，26岁的范振斌告别了"囊萤映雪"苦读四年的母校——东北财经大学，怀一腔热血、载学富五车，走上了社会大舞台。"大鹏一日同风起，扶摇直上九万里。"一颗璀璨的新星，迎着改革开放的大潮，冉冉升起！

抚顺市财政局，是范振斌先生踏入仕途的起步平台，鹏翼初展，牛刀小试，便展露卓尔不凡的才智和淳雅品行。参加工作仅仅两年，便被提拔为抚顺市财政局办公室副主任；1985年（29岁）被破格擢升为中国农业银行抚顺市分行副行长，成为当时全国农行系统最年轻的二级分行领导。1991年被任命为中国农业银行辽宁省分行研究所所长；1996年初荣任中国农业银行辽宁省分行副行长，时年刚满40岁，成为辽宁省金融系统乃至全国农行系统最年轻的厅级干部和最年轻的高级经济师；2000年迁任中国长城资产管理公司沈阳办事处总经理（正厅级）；2006年转任中国长城资产管理公司南京办事处总经理；2011年进擢中国长城资产管理总公司任职。2016年退休后受聘《金融文坛》杂志社任常务副主编。

这是一幅足踏四京（兴京、盛京、南京、北京）、纵横南北，程程锦绣、步步焯辉，令世人仰羡的"宦海踏浪图"。然而，宦海惊涛，沉浮跌宕；世事盈虚，冷暖无常。宦海游弋，岂唯一个"游"字那么轻松畅意。苏东坡说："古之所谓豪杰之士者，必有过人之节，人情有所不能忍者"。在光鲜绚丽的背后，是浴火淬炼的煎熬，是灵魂意志的锻砺，是栉风沐雨的担当，是铁马冰河的悲壮。

解读范振斌先生的仕途轨迹，他一无背景，二无靠山，凭什么得以宦海纵横？凭什么成为时代的景星麟凤？凭的是"笔底霞岚随卷涌，胸中烟雨自芳辉"的满腹才华，凭的是"甘从高远怀忧乐，不为物人形喜悲"的两肩道义，凭的是"仕何如，志何如，硬膝强项天熔铸"的一身正气。范振斌先生为人为仕，淳仁厚德、谦恭敬业、廉能清正、功业卓著。

"民声终比官声远，墨迹容当足迹留。"范振斌先生对自己前半生的总结是"半游宦海半耕田"。宦海之劳碌，砚田之静逸，动静相宜，亘古至今，唯贤智者方可兼得。"山积而高，泽积而长"。范振斌先生，自幼便与古典文化结下不解之缘。在父亲的训勉下，诵读诗书，研习翰墨。数十年来，任凭宦海飘蓬，祁寒暑雨，临池不辍，书法造诣已臻炉火纯青之境界，集二王、颜、柳、米、赵等百家之长，形成独特的艺术风格。退休后，担任《金融文坛》常务副主编，依然致力于弘扬传统文化，传承民族精髓。讲学授业，传经布道；弘文尚德，孜孜不息。堪称为人为仕之典范。

范振斌先生，才学德范双馨熠烁；事业艺术炳赫荣辉，是一位实至名归的现代金融家、书法家、文学家、诗人。而他的人生经历更是一首诗，一首"德偕才并茂，文与政俱优……清白传家法，诗书遗子谋。"（宋·姚勉）的唯美诗篇。

是为序。

2022 年 8 月 20 日于广西

目　录

新年开笔

2015 年元月 13 日

新年伊始，应中央国家机关某单位之邀讲授书法。授人以墨，传承国粹，欣然命笔。

六秩行年忝为师，

砚田勒辔走新犁。

体遵"八法"黄金律[1]，

势守"六书"虫鸟姿[2]。

鸾舞蛇惊出妍妙，

雷奔石坠显灵奇。

老夫犹自恋松雪[3]，

拙笔迎春作墨痴。

1."八法"，指"永字八法"。黄金律，指著名书法家启功发明的"楷书黄金结字法"。
2."六书"，是古人解说汉字的结构和使用方法而归纳出来的六种条例，即：象形、指事、会意、形声、转注、假借。"虫鸟"，指仓颉造字多依据自然和动物姿态、变化而形成文字。
3.松雪，指元代书法家赵孟頫，号松雪。讲课以其"胆巴碑"为帖本。

南乡子·老家过年

2015 年 2 月 1 日

　　瑞雪迓春回，小院冰篱六出飞。厨灶氤氲腾紫气，人归，乡味家肴腊酒肥。

　　闾里乐团圆，接汉华灯映月盘。劲舞秧歌颠且醉，狂欢，贺岁烟花照九天。

六十初度

2015 年 2 月 4 日

明月清风适我耕，

四京游子似飞鸿[1]。

锋芒早被霜刀损，

乡梦频随炊黍增。

睥睨冠缨耽翰墨，

逍遥艺海醉丹青。

闲来壶里煮香茗，

琼雪银珠任纵情。

1.四京，余生在兴京（今辽宁新宾），仕在盛京，游在南京，漂在北京。故自称"四京居士"。

沁园春·乙未春节回乡感怀

2015 年 2 月 20 日（农历乙未年正月初二）

　　鬓挂银霜，未改乡音，不识村娃。过童年老院 [1]，雪封泥径；长庭寂舍，草掩篱笆。瓦漏墙倾，田芜树朽，犄角旮旯日影斜。这番景，问何时温梦，再睹芳华？

　　祥风偏惠清佳。看东陌春灯照岁奢 [2]。喜光能天赐，温凉花洒 [3]；山泉管涌 [4]，冬夏烹茶。梁上燕夸，枝头鸟赞，玉树芝兰灿若霞。豪情逐，任九龙翔舞 [5]，大美人家。

1.老院，余儿时居住的房屋庭院。

2.范家村东隅大姐家。

3.利用太阳能热水洗漱、淋浴。

4.镇政府利用当地山泉为百姓开通自来水。

5.父母生育我们 9 个子女。

南梅北雪吟

2015 年 3 月 5 日于沈阳

才上梅花岭，

又回冰雪村。

横斜弄疏影，

飞舞漫天吟。

雪本比梅白，

梅须冠雪殿。

雪梅自有色，

南北各争春。

江城子·乡恋

2015 年 3 月 25 日

扡筐攀上虎头岗，绿波旸，映榛芒。采得梨棠，更有野菌香。才别南山跃北岭，蹚蒿垄，越荆廊。

慈严携子事农桑，沐朝阳，送霞光。日夜劬劳，茹苦乃甘尝。春耜秋收风雨里，浴霜雪，享芬芳。

砚边心语

2015 年 4 月 8 日

金笺玉砚酿绵醇，

濡墨长锋劲染春。

蚰挫豪芒凝古魄，

起伏锋杪耀芳辰。

法无定法须遵法，

笈有金箴勿泥箴。

奏出无声纸上韵，

云烟笔翰显风神。

临江仙·画松

2015 年 4 月 22 日

点染皴擦调色，深蓝赭石花青。挥来松绿与梅红。耸崖根愈壮，岁老气弥宏。

冠盖虬枝铁干，天生傲骨铮铮。懒同桃杏比雌雄。高洁堪化雪，亮节啸清风。

水龙吟·贺大姐 66 岁华诞

2015 年 7 月 10 日（农历乙未年五月二十六）

辽天碧野芳华，一园秀色笼嘉木。绮霞裁岭，祥云绕户，九龙咸聚。枝上莺啼，堂前燕啭，倾情相吐。喜觥筹交箸，情狂兴逸，同酣醉，亮歌舞。

梅节兰馨风度，望东篱，金标高竖。德邻仁里，襟江怀谷，淑霖贤露。普惠爱心，慈和如母，万千祈祝！看芝兰玉树，梓乡闾巷，任风流数。

画莲·咏莲

2015 年 7 月 31 日

　　师从仲伟权老师学花鸟国画，初学画莲，被莲之不染不妖的高尚品格、挺拔秀丽的芳姿和清逸超群的令德所感，作七律以抒怀。

嫩笔拙毫墨未工，

芙蓉出水性空灵。

田田碧叶云舒卷，

滟滟清池月净明。

淡蕊疏枝禅意出，

飞霞舞绮紫烟生。

蕃花草木当怜爱，

怎比濂溪笔下英[1]。

1.濂溪，北宋文学家、哲学家周敦颐号濂溪，著《爱莲说》。

秋乡

2015 年 10 月 4 日

风吹稻粱织锦，霜染丹枫缀霞。

镰舞一弯新月，篱爬几簇黄花。

崖下暖泉汩汩，枝头喜鹊喳喳。

田垄群鸡争粒，柴门双犬护家。

姑嫂炕台剥豆，兄弟地里刨瓜。

农家又庆丰岁，把酒共话桑麻。

西江月·再拜古梅

2015 年 10 月 20 日于河源野趣沟

癸巳初春，随金融文学艺术社进入广东河源野趣沟采风，偶遇古梅。今旧地重游，又拜古梅，感慨系之矣。

又是群贤雅集，仍将笔墨深凝。霜天趣野白头翁，别有一番心境。

春日已随流水，秋宵再步枫亭。老干无蕊暗香浓，晚照虬枝疏影。

踏莎行·野趣沟书怀

2015 年 10 月 20 日醉后作

霜染唐枫，泉流汉赋。月梅丹桂笼香雾。黄阶绿栅五花锦，闲来捉笔凤蛇舞。

平仄兴怀，疾徐信步。千年藤石铭情驻。临风把盏醉吟哦，今宵浓酒融朝露。

苏幕遮·应邀讲授诗词有寄

2015 年 10 月 21 日于广州—北京飞机上

应邀赴河源野趣沟为中国金融文学艺术社文学培训班讲授古体诗词。

　　闻桂香，飞蛱蝶。竹翠枫红，谷底泉声咽。蛙鼓凫鸣迎远客，趣野采风，香透丹枫阁[1]。

　　仄平平，平仄仄。雅颂风骚，持斧班门凿。撩起吟情共豪酌，好句嘉联，寄意霜天月。

1.下榻小楼曰"丹枫阁"

柳含烟·野趣沟趣记

2015 年 10 月 21 日于河源野趣沟

"野夫"壮，"浪妞"[1]狂，瀑下双双倩影，老藤缠石网情长，诉衷肠。

汩汩清泉翔锦鲤，蝶舞蜂撩凫戏。深山沟里采风人，莫娇嗔。

---

1. "野夫""浪妞"均为野趣沟景点。

满庭芳·77学子抒怀

2015年11月11日

大梦惊回，狂澜力挽，吾侪幸晤前缘。浪淘星海，绝顶上尖山[1]。堪慰雪泥鸿爪，所行处，辉洒流年。酬良愿，囊萤凿壁，振翼啸云端。

挥鞭。长缨舞，舸帆竞渡，击水三千。看李茂桃夭，俊彦耆贤。更趁青春作伴，弄椽笔，书写华篇。涛头立，沉浮谁主，横槊舜尧天。

1.东北财经大学坐落于大连黑石礁，南望星海公园，西依大、二尖山。

眼儿媚·冬日访丹东大梨树村

2015 年 12 月 4 日

孟冬时节，受闫星华总编之邀到丹东凤城大梨树村，参加电影《毛丰美》剧本讨论会。夜宿康先生家土炕。

雪里残阳照深沟，琼野塞清流。枝头雀闹，篱边犬吠，霞掩村楼。

窗花烂漫何人绣？六出孕绸缪。半轮山月，满檐冰柱，一夜清幽。

浪淘沙·冬夜宿大梨树 (新韵)

2015 年 12 月 5 日

冬日走辽东，炕热灯红。小楼一夜寂无声。晨起村头留个影，犬吠鸥惊。

篱栅雪初凝，河柳冰凇。火炉滚沸煮香茗。无限诗心融热土，醉梦乡情。

临江仙·为星华作家点赞

2015 年 12 月 5 日

有感于星华作家居土乡，睡土炕，食土餐，听土话，访土民，撰写电影剧本《热土》（正式放映名为《毛丰美》）。

曾羡惠连书锦绣，而今应叹华星。大梨树下颂英雄。寒天融热土，笔底漾春风。

篱栅炕头寻故事，山乡雪厚冰凌。新村梦里献丹诚。丰碑歌壮美，浩气贯长虹！

水龙吟·毛丰美[1]

2015 年 12 月 20 日

冰花暗度窗棂，小桥雪里凇莹透。楼呈徽派，亭连残藕，河垂榆柳。"干"字冲天，雄鸡高唱，老牛俯首。喜梨乡百姓，五福盈户，赞声乱，齐筛酒。

赖有毛公群首，战天公，神奇化朽。脱贫弃困，移山造地，奋蹄搴手。为民请命，庙堂发语，高坛奔走。靠一腔热血，清风两袖，丰碑铸就。

1.毛丰美，丹东凤城市大梨树村原党支部书记、村委会主任，连续四届全国人大代表。2014 年 9 月 26 日因病逝世，享年 66 岁。

望海潮·甲子轮回抒怀

2015 年 12 月 23 日于沪

兴京问世[1]，平冈髫龀[2]，范家老院蒙童[3]。举子辽南[4]，锁阳起步[5]，西游沈水盛京[6]。易帜到长城，南下金陵府，北漂霾宫。岁月峥嵘，如烟往事逐飞鸿。

年华偷换东风，叹霜刀雪剑，孤旅飘蓬。徒有孝心，空怀云志，歧途误戴冠缨。倏尔白头翁。有诗风墨韵，堪慰江东。更喜天伦手足，一饮醉千钟。

1.余出生在辽宁新宾，古称"兴京"。

2.在平顶山长大，上小学初中高中。

3.居住地范家村，旧居人称"老院"。

4.1977 年恢复高考，考入坐落大连的东北财经大学（原辽宁财经学院）。

5.1982 年毕业分配到抚顺（古称锁阳）市财政局，1985 年 11 月被破格提拔到中国农业银行抚顺市分行任副行长，时年 29 岁。

6.1991 年 4 月到沈阳（盛京）辽宁省农业银行供职。

苏幕遮·退休有感

2015 年 12 月 23 日于沪

余按身份证生日（农历腊月二十三）计算，年满 60 退休，结束职业生涯，感慨万千。

体尤康，双鬓染，叹惋华年，脉脉思空乱。南旅北漂根老院，桂冠光环，过眼云烟散。

识凉炎，涉深浅，酒助诗囊，莫为功名遣。笔舞心怡任浪漫，翰墨丹青，伴我情无限。

玉楼春·祈愿

2015 年 12 月 26 日

朝晖暮霭春光好，玉液琼浆秋露皎。吟风弄月任抒怀，幽夜绵绵蛮声缈。

齐眉案举孟梁效，杏雨桃花任缠绕。纯情笃志勿嫌猜，执手天年人共老。

岁末抒怀

2015 年 12 月 31 日

乙未轮回一叶舟[1]，

沉浮往事说还羞。

四京饱历风和雨，

六秩庸忙夏复秋。

耀眼功名成旧梦，

抒怀诗笔壮新猷。

春风几度斜阳暮，

潇洒余生翰墨酬。

1.余 1956 年 2 月 4 日（农历乙未腊月二十三）生于辽宁新宾县城，古称"兴京"。

临江仙·岁末吟

2015 年 12 月 31 日

乙未欣开二度，轻寒不碍春归。炎凉无计自心知。光环成旧忆，老树发新枝。

幸有黄庭圣教，更迷汉赋唐诗，砚田书海任耕犁。几番风雨露，还是那年痴。

《闲情漫寄》付梓

2016 年 2 月 4 日

弄韵多年，从胡乱吟诵中挑选 370 首，裒为一集。书名《闲情漫寄》，有感于此，凑五言排律遣兴。

生来承祖训，国学启童真。

九子家严嘱，五中慈母尊。

有怀皆放浪，无痛不呻吟。

三爱诗书画，一身精气神。

箴言池里悟，妙句教中寻。

笔翰倾情种，山川任性巡。

闲挥三百赋，漫谱卅年春。

平仄写清史，礼仁遵古珍。

倚窗堪寄傲，铅椠铸年轮。

受聘《金融文坛》

2016 年 4 月 5 日

孺牛卸甲不归田，

老骥辍鞍难歇鞭。

熟把铅犁耕旧垄，

乐挥刀笔著新刊。

后生翻坐先生席，

副业终爬主业肩。

一任青丝成皓首，

凡夫野鹤啸云端。

江城子·清明回乡

2016 年 4 月 6 日于沈阳—北京高铁上

春来冬去又清明，路重重，雾蒙蒙。辽野春迟，河涧隐冰凌。
初现枝头柳毛狗，崖不见，映山红。

躬身攀岭上黄龙[1]，子规声，梦魂萦。翠漫云松，惜有菊花丛[2]。
热土一抔倾泪酒，游子意，故人情。

1.祖茔坐落于老家黄沟村西山，堪舆家谓之"骑龙岗"。
2.姊妹们祭奠先人的束束菊花。

寄怀

——退休后见赠老一辈同人
2016 年 4 月 15 日

一代风流终系舟，

回眸烟雨忆沉浮。

现金流里论高下，

审计樽前参喜忧。

老骥犹当辔蹄奋，

壮心莫为子孙谋。

年逢甲子青春续，

东隅桑榆景自幽。

醉琼枝 · 河源书怀

2016 年 4 月 17 日夜于广东河源野趣沟

应邀参加《金融文坛》2015 年优秀作品大奖赛颁奖仪式，拙作忝列一等奖。故地旧雨重逢，感慨万端，开怀畅饮，醉后走笔。

又沐春风野趣蹚，新朋旧雨竞芬芳。竹外泉溪弹妙曲，清趣，古梅老干着新装。

曲赋辞章聊细细，欢聚，墨香风韵伴茶香。一种情怀书卷气，兴致，狂斟老酒激诗肠。

奉和刘健邦吟友《重游野趣沟》

2016 年 4 月 17 日

旧雨新朋雅趣多，

春来故地照熙和。

古梅不见花如雪，

老干虬枝发浩歌。

附：刘健邦先生《重游野趣沟》

林花香艳满春坡，

漫步山边赏鸟歌。

云淡风轻溪水碧，

闲游把翠笑声多。

（刘健邦，1985 年 1 月生，广东东莞人，供职于东莞农村商业银行。中华诗词学会会员，中国楹联学会会员。）

再聚野趣沟

2016 年 4 月 19 日

岭南四月竹笼烟，

蝶舞鱼翔迎俊贤。

盈盏明茶香漫溇，

绕轩山瀑水潺潺。

指纤手疾揿微信，

笔健心雄歌大千。

更有金樱[1]撩逸兴，

争拈妙语做诗仙。

1.金樱，当地草药泡的酒。

〔中吕〕山坡羊·退休乐

2016 年 4 月 22 日

　　卅年风雨，沉浮荣辱，铅刀翰墨雕寒暑。幼嗜书，锻洪炉，经史子集味师古，六书八法继先祖。毫，纵情舞，文，随心著。

　　宦游几度，难抛情愫，四京居士家何处？仕何如，利何如，硬膝强项天熔铸，明月清风和茗煮。身，羁京府，心，恋故土。

河源采风

2016 年 5 月 6 日于沈阳补作

竹风松谷惹吟魂，

野趣藏幽景气新。

三角梅开花落雨，

一篙竿渡水涵云。

莺飞蝶舞葱茏梦，

樱酒诗翁浪漫春。

欣聚山中聊旧话，

清泉皓月浣尘心。

卜算子·淼甥女婚礼喜拜大姑

2016 年 5 月 7 日于沈阳

值外甥女张淼婚礼，长春大姑亲临。亲朋汇聚老家，喜不自禁。

五月水天红，闾里喜双会。姑侄锁阳又相逢，淼女鸳鸯对。

把盏尽欢杯，细品乡滋味。百感千言意难抒，祈愿年年醉。

野趣沟晨游

2016 年 5 月 7 日

枝头莺颔首，

引步向山隈。

竹叶衔珠醒，

湖光照影开。

瀑流崖飞雪，

凫泳浪生辉。

坐看云游处，

仙风荡我怀。

连柏墨友册页书拙词

2016 年 5 月 7 日

南京墨友秦连柏硬笔册页书拙词，唐楷风韵浓浓，有感于此成七律一首致谢。

笔势如虹翰墨行，

银钩铁画总关情。

鸾惊蛇舞飞龙动，

崩岸绝崖驰马惊。

羲献钟欧风蕴骨，

汉唐晋宋韵含英。

金陵欣识阳春友，

典册金箴铭五中。

示后生 [1]

2016 年 5 月 20 日

风云庆会遇佳期，

以墨相濡忝为师。

"八法"真经遵古韵，

"六书"清律格芳姿。

须从书道悟天道，

且向花痴醉墨痴。

秋肃春温积跬步，

砚田畦垄绽华枝。

1.后生，指书法学生。

江南同道惠寄猴魁香茗留韵

2016 年 5 月 27 日

欣然品得茗中魁，

壶里澄明涌雪辉。

几缕清风香淡远，

江春新绿入诗杯。

水调歌头·燕郊拜谒王老

2016 年 6 月 11 日

王老，树远先生，辽宁营口人。恩国恩师屡荐，今终得燕郊幸会。身躯伟岸，谈吐高雅，饱读诗书，气度超凡。

久慕恩师友，暑热走燕东。拜谒吟坛耆宿，果是不虚名。悟世醒人大赋，绿水青山仙境，手笔一何雄！潇洒凌云气，高下论师生。

佛心语，禅宗法，翰墨情。道传业授，义仁礼孝倡良风。岁月霜刀颜易，世上沧桑正道，大爱筑恢宏。共奏夕阳曲，雨霁看飞虹。

端午觅得艾蒿

2016 年端午节于京华

晨沐清风过瓯廊，

穿街走巷觅端阳。

青萦墙外葡萄架，

翠拂楼头鬼子姜。

几缕艾蒿怜客远，

一帘童梦忆黍香。

门旁插与春联并，

倚傍梨斋思故乡。

行香子·夏日还乡

2016 年 7 月 1 日于老家

溽暑携孙，东去还家。连天青翠笼蒹葭。推窗拂柳，卧炕听蛙。看廊生瓟，畦生韭，栅生花。

长亭蔓绕，巢筒蜂哗[1]，临风品茗话桑麻。趁晴薅草，带露摘瓜。望北山云，南山雨，满天霞。

1.巢筒，指用树木雕成的养蜂筒巢。

采桑子·秋收

2016 年 10 月 2 日

五花山里迎归客，

满地金黄。

漫野清香。

雁叫江天万里霜。

银镰劲舞歌丰岁，

瓜果堆墙。

谷粒盈仓。

姊妹团圆话梓桑。

人月圆·携外孙"下乡"

2016 年 7 月 3 日于沈阳

月初与妻带小外孙回东北，先到沈阳，又去抚顺，再回农村大姑姥家。小家伙初到农村，满眼新奇，蹦蹦跳跳，欢欢笑笑。

去京避暑辽东舍，长亭掩篱笆。声闻鸡犬，景看山陌，味嚼梨瓜。

河边捡石，庭前挖土，脚踏雨花。倚窗望月，抬头星斗，炕上听蛙。

杂感

2016 年 7 月 3 日于沈阳

勿论尘寰是与非，

任凭凉热写宏微。

闲来应喜身轻健，

归去毋悲朋浅稀。

笔底霞岚随卷涌，

胸中烟雨自芳辉。

老牛不改初心志，

踵事增华任放飞。

临江仙·辽阳行

2016 年 7 月 7 日

几处轻车熟路，齐驱辽府首山。亲情笃笃意缠绵。同胞手足聚，小院也腾欢。

更喜阳阳中榜，阳康二姐欢颜。天骄一路看花鲜。举杯同庆祝，笑傲白云端。

天净沙·携外孙回辽东老家

2016 年 7 月 8 日于沈阳

长亭蔓绕藤遮，葡萄瓠子黄瓜。庭院蜂旋蝶耍。挥锹作画，乡图乐煞京娃。

再别江宁

2016 年 7 月 23 日

七月天流火，南游访翠屏。

清香如仙阁，小屋似蒸笼。

十载江南客，一朝燕北行。

端池印鸿爪，枯笔写黄庭。

蛙鼓湖边柳，鸟鸣园上松。

桂花拥厨舍，竹雨润窗棂。

墨韵毫锋起，诗兴心底生。

弃书心割爱，抛墨手留情。

竹雨轩中卧，松风阁上行[1]。

何期再访戴，把盏煮长青[2]。

1.竹雨轩，余在南京江宁租借地，房前屋后竹影婆娑，故名；松风阁，屋后山上有此亭，晨登山常到此小憩。

2.长青，句容产的茅山长青茶。

满庭芳·京兆尹印象[1]

2016 年 8 月 4 日

薄雾烟煴，烛光绰约，竹笼石径迷离。四合庭院，墙角隐棠梨。偶见僧尼三五，袈裟曳，素月清辉。廊檐下，浅红轻白，蝉响出娇枝。

痴迷。丝竹里，紫壶玉器，画古雕奇。赏幽兰款款，小鸟依依。墨趣琴声缘聚。闲来悟，偈语禅机。仙风丽，神怡生韵，一阕醉心词。

1.京兆尹，京华一四合院餐馆。

哈尔滨行

2016 年 9 月 5 日

　　与《金融文坛》杂志社栾晓阳北上哈尔滨，结文友，泼翰墨。不虚此行，七言记之。

山高寒早雁南翔，

秋锦铺成五色妆。

阡陌稻翻金涌浪，

丹青毫染墨流香。

欣逢吟友论平仄，

豪饮"高粱"泛紫黄。

诒燕斋中挥醉笔，

龙江再拜约冰乡。

巫山一段云·龙江行

2016 年 9 月初

与栾晓阳赴哈尔滨访农发行，工余观赏燕翼堂书法并挥毫。

千里念朋远，一樽流韵长。天高日朗雁南翔，秋景入诗囊。

泼墨丹青染，冰城燕翼张。白山黑土蕴华章，文字亦铿锵。

唐多令·秋日大梨树采风

2016 年 9 月 22 日于辽宁丹东凤城大梨树村

檐斗小阑窗，庭前花紫黄。曲巷旁，霞抹斜阳。阁榭亭台听琴瑟，香茗里，煮秋芳。

柳浪曳桥廊，金风织彩妆。寄情怀，醉梦梨乡。落纸挥毫诗入酒，弄橼笔，晒华章。

西江月·豪饮梨乡

2016 年 9 月 23 日于大梨树

月下闲庭信步，河边漫品茶咖[1]。村姑笑靥映飞霞，篱栅欢歌清话。

午夜又来烧烤，猜拳行令声哗。一群醉客"数青蛙"[2]，不辨仨仨俩俩。

1.茶咖：大梨树村有一家茶馆，名"梨树茶咖"。

2."数青蛙"，一种酒令游戏，逆时针顺序每人一词，或成语，或飞花令，接答错者罚酒。

望海潮·咏梨乡

2016 年 9 月 23 日于大梨树

苍梨古栎，明墙清瓦，凤凰浴火重燃。岁序康乾，民承齐鲁，蹉跎岁月如烟。千古溯重渊，继儒家孔孟，敦化荒蛮。换了人间，矗碑题刻史留丹。

小桥流水花山。念先贤豪杰[1]，"干"字横鞭[2]。掘井垦犁，搴裳奋臂，潮头搏浪扬帆。荣辱等闲看，敢庙堂问政，百姓陈言[3]。丰美钟灵福地，雄魄啸云天！

1.先贤豪杰：指原大梨树村党支部书记毛丰美，优秀共产党员，连续五届全国人大代表。

2."干"字横鞭：毛丰美提出"苦干、实干、巧干"，山巅开辟"干"字广场，360 个"干"字围成楣廊，寓意一年 360 天都在干。

3.庙堂句：毛丰美参加全国人大会议，与副总理对话，反映"三农"问题。替农民说话，为百姓代言。

秋登凤凰山

2016 年 9 月 23 日于大梨树

陪同香港梁凤仪博士夫妇登丹东凤城凤凰山。

梨乡旧地谒前贤，

有凤来仪出港湾。

望柱擎天凝剑气，

穿林越谷入云峦。

摩崖有刻镌青史，

枫叶无霜照嫩寒。

犹醉辽东五花谷，

惹来情思到毫端。

天净沙·大梨树

2016 年 9 月 24 日于大梨树

庭楼阁榭听蛙，小桥流水农家。"干"字冲天巨塔，大梨树下，今人再睹芳华。

国庆客访浙江武义农家

2016 年 10 月 1 日于武义尖坑村

借国庆假期，应邀偕妻乘高铁到朋友兰献明老家做客。

草绿天蓝景色幽，

江南秋气远空收。

环村泉水浇畦垄，

就势林坡筑小楼。

菊放篱栏鸡啄米，

竹遮石路鸟骑牛。

山飧盛满猕猴酒，

畲语乡情意兴稠。

一剪梅·俞源古村拜谒伯温草堂

2016 年 10 月 2 日

丙申金秋，应好友之邀与妻到浙江武义俞源古村一游。村因刘伯温帝师而建，有俞家宗祠，伯温草堂。村落遵太极星象建筑。村风淳朴，村景迷人。

寒露江南草木稠。竹里鸟啼，菊外花休。俞宗故里画堂幽，太极星云，八卦城楼。

"寻柳亭"边谒祖刘。王佐元章，忠骨风流。今人孰肯拜明皇？唯此名留，功著千秋！

江浙匆游

2016 年 10 月 2 日

偕妻国庆浙南去，

未到已闻孙闹声。

莫谓早回留憾事，

采诗留影不虚行。

重阳忆大梨树采风

2016 年 10 月 9 日（丙申重阳节）

韶华已逝近重阳，

遥忆辽东稻菽香。

篱栅黄花怀旧雁，

茶庐紫案赋新章。

长毫犹共凤凰舞，

雅韵还随阡陌扬。

欲寄彩笺梨树下，

再斟老酒荡诗肠。

贺江苏硬笔书协30华诞

2016 年 10 月 10 日

从来南国翰书乡，

最喜金陵多盛装。

翻转毫芒凝古魄，

起伏锋杪发晨芳。

卅年兰露群星灿，

十里秦淮流韵长。

文墨衣冠风百代，

银钩铁画响玲琅。

满庭芳·安阳茶马古道

2016 年 10 月 29 日

应湖南金融作协之邀，参加"一带一路"茶马古道文学采风，一路见闻，一带风光，茶香水美，人杰地灵，感慨系之。

古道横秋，脚楼凝露，湘风楚韵存焉。白沙碧水，堆雪映婵媛。石径幽寻旧迹，烟雨里，明壁清垣。武陵谷，祥云紫气，山水蕴神仙。

高吟犹在耳，联题茶社[1]，词赞野尖[2]。更印心石屋[3]，民俗庄园。携侣采风荟聚，鹤心结，陆羽情缘。天心阁，疏星淡月，玉宇任流连。

1.联题茶社：传说1917年夏，毛泽东偕同学萧子升游学至安化，见一"来去茶馆"，门有楹联"来去茶馆；香飘满堂"，二人议论此联，既不论平仄，又不讲对仗。馆主闻之，恳求一改。二人遂题联"为名忙，为利忙，忙里偷闲喝茶去；劳心苦，劳力苦，苦中作乐拿酒来"。

2.词赞野尖：水稻专家袁隆平曾到安化，品茶后题词"安化野尖，黑尖顶尖"。

沁园春·茶乡行

2016 年 10 月 29 日

参加安化茶马古道采风活动，寻古道，访民俗，品黑茗，聆师教，挥翰墨，结吟友。有感此行，拙词记之。

石径幽深，古道情迷，雨洗澄空。望三秋竹海，烟笼资水；九天气霭，霞抹梅峰。玉杵和云，金刀带露，犹听蹄铃唱晓风。回眸处，惊黑花卷塔[1]，兀立苍穹。

白沙溪畔葱茏[2]。喜缕缕朝晖洒芙蓉。赏桑香雅韵[3]，骚人炼句；黉堂传道，学子思翀。诗曲架桥，溪沟跃鲤，耆宿彭陶卧虎龙[4]。看今日，正茶旗奋举，舞梦飞虹！

1.山头矗立黑茶花卷高塔。

2.白沙溪，系安化一家大型黑茶厂。

3.桑香，即桑香黑茶，系安化云天阁研发的一种新茶。

4.耆凤彭陶：彭先泽（1902—1951），安化小淹沙湾人，黑茶之父。陶澍（1779—1839），出生于安化小淹镇陶家湾，清朝兵部尚书。

饮茶嘉石木

2016 年 11 月 3 日

　　带书法学生并与雪君、文宣、永琰、白静等金融作协好友相聚金融街嘉石木茶社,挥中华墨,谈文学经,论儒家道。

隐幽闹市叶丹黄,

雅聚馨园晚照香。

神草一壶通日月,

琼浆七碗醉沧桑。

畅怀心底情和韵,

禅悟世间炎与凉。

菊翰相濡研作墨,

惹来诗酒入华章。

丙申岁末述怀

2016 年 12 月 29 日

风雪驱霾又大寒，

清闲日里度流年。

挥毫墨海写冬夏，

弄斧班门尝苦酸。

莫计炎凉茶自品，

但求拙巧曲随弹。

此生耽性诗书癖，

笔砚池中照寸丹。

满江红·退休一周年

2016 年 12 月 30 日

弹指一挥，白驹过，华巅增雪。砚池里，晋风唐韵，神思飞越。
舞墨刊文多况味，含饴弄仔任欢悦。适炎凉，壶里煮诗章，吟霜月。

情炽热，毫洒脱，传八法，何曾歇。拾文坛旧业，老车新辙。
放浪形骸消块垒，寄情山水歌豪杰。畅襟怀，彩笔绘风华，江天阔。

编辑脞语 (新韵)

2016 年 12 月 30 日

耕地翻墒乐不疲，

伐云锄雨走铧犁。

咬文挑尽蛋中骨，

敲韵焉留毛下疵。

秉正方能明善恶，

阿偏何以判妍媸。

鬓边飞雪蹄犹奋，

甘为他人作嫁衣。

整理上年诗句偶得

2017 年 1 月 2 日

冰雪凌飞逐逝波，

隙驹岁月叹蹉跎。

闭门难得佳诗出，

迈足方能好句磨。

无病呻吟终病语，

有情放浪乃情歌。

且求来日笔锋健，

北调南腔不落窠。

水调歌头·新年忆旧

2017 年 1 月 11 日

铅椠筑青史，诗翰塑微功。助人同谱霞彩，毫下涌春风。初著拓荒播种，专著裒刊成集，名著[1]可称雄。门庭耀桃李，田陌更葱茏。

吟骚雅，挥彤管，荡襟胸。神舒意畅，晋韵唐法伴秋冬。不计炎凉荣辱，唯享欣怡康泰，萧散白头翁。望远登高处，旭日照飞翀。

1.名著，指《金融文坛》作者的获奖著作。

丙申春节前为农民送新春祝福

2017 年 1 月 12 日

应中央国家机关书协之邀，赴山西阳高县为农民送新春祝福，感之述怀。

炊烟笼四野，

黄土垒坡窑。

土炕连锅灶，

霜花刻石雕。

窗前踮小脚，

池里舞长毫。

童稚抻红纸，

寿翁团碧桃。

祺祥绕"泉水"，

庆福照阳高。

寒雪凌云处，

春风上柳梢。

品茶赏雪

2017 年 1 月 21 日

北京两年迎来一场雪，京人甚喜，东北人同喜。适逢与闫星华总编等友人在"诚园茶事"创作室品茗，绝句记之。

京城飘雪竟豪奢，

庭树凌凇草浣纱。

摄友推窗摇画镜，

紫砂壶里落飞花。

庆春泽·丁酉春节

2017 年 1 月 28 日于老家

飞雪漫天，桃符盈柱，迎来千里归人。圆我夙梦，翩翩羁鸟还林。梓乡闾里品年味，俗情浓，唤起童真。大红灯，高挂门庭，点亮山村。

炕头围坐唠心曲，乐儿孙绕膝，九处同春。把盏欢歌，丰年腊酒鸡豚。宗亲揖拜敦家礼，祷神祇，福寿康殷。庆家和，族帜高擎，百代传薪。

喝火令·春节回乡

丁酉正月初三

四野群峰秀，两园谷满仓。盘膝热炕诉衷肠。喜聚儿时故里，夙梦始今尝。

少小离乡久，游人念老房。世崇耕读墨流芳。门挂红灯，楹柱对联镶。更有银花火树，灿烂耀庭堂。

行香子·情寄南海执信中学

2017 年 3 月 22 日

随《金融文坛》杂志社、中国金融文学艺术社赴广东南海执信中学讲授古体诗词，雨雾蒙蒙，莘莘学子求知若渴。感动于此，以词记之。

竹翠棉红，雨细风鲜。看春池、谁荡漪涟？书声琅琅，学子芊芊。更石雕英，水流韵，树含烟。

崇贤尚德，耘田瀹智，喜黉堂、载道承先。人生百代，水击三千。盼龙腾云，虎翔宇，凤飞天！

水调歌头·野趣沟

2017 年 3 月 23 日

前日随《金融文坛》杂志社、中国金融文学艺术社赴广东南海西樵山执信中学讲授古体诗词，今日到河源野趣沟创作基地。

才别西樵雨，又沐桂山风。梅开三角，竹林深处隐丹枫。野径萦纤幽谷，湍瀑升腾薄雾，老峪拜梅翁。疑入桃源境，客走画图中。

石灵秀，水澄碧，树茏葱。骚人拈句挥笔，舒景荡襟胸。溪柳桥边观鲤，筇阁飞花佐酒，醉里遣春慵。回首岭南路，霞霭染苍穹。

古梅

2017 年 3 月 24 日

参加《金融文坛》表奖会，同赴广东河源野趣沟，再拜古梅。

野峪回眸处，

崇阿势欲倾。

虬枝盘峻岫，

疏影照冰清。

几簇英姿俏，

半坡香气盈。

应怜躯干老，

更显岁峥嵘。

再访野趣沟 <small>(新韵)</small>

2017 年 3 月 24 日

青山微雨润，

林静桂风熏。

藤紫缠香蝶，

棉红照日曛。

飞花诗佐酒，

泼墨笔生春。

不觉三更晚，

情豪气遏云。

丁酉清明

2017 年 4 月 6 日

一夕春寒料峭生，
龙岗山野屹苍松。
菊花簇簇寄儿梦，
浊酒樽樽酹鹤踪。
河涧仍存冰石窟，
崖头初露雪莲茸。
怎堪乡令禁烟火，
聊借东风祭九重。

南粤采风

2017 年 4 月 17 日

又是阳春作旧游，

岭南幽谷荟鸿俦。

红棉四野燃新炬，

响瀑三千泻老湫。

染翰操觚真况味，

飞花传韵竞风流。

逸仙去后奇文在，

瀹智崇贤鞭紫骝。

射虎吟 [1]

2017 年 4 月 24 日

晨熹微醒盼"折磨" [2]，

键屏射虎析曹娥。

踉跄律格遵梨雪 [3]，

潇洒寻钩依散和 [4]。

暗底每藏真面目 [5]，

明容不露假僧魔。

游人遥起锁阳思 [6]，

依旧廉颇发浩歌！

1.射虎，古代猜射灯谜曰射虎。

2."谜友家园"群每周六晨发灯谜15条供谜友猜射。此群系 20 世纪 80 年代初期抚顺工人文化宫组织成立的"抚顺职工灯谜协会"会员组建。

3.梨雪，系指梨花格、雪花格，此代指谜格。

4.散和，指谜体增损离合。

5.面目，指谜面、谜目。

6.锁阳，抚顺古称。

习画随笔

2017 年 5 月 29 日

忝入黉门师雅贤，[1]

鬓衰心壮不知年。

丹青调抹四君子，

翰墨参修八法禅。

抛却烦忧蠲俗弊，

放宽襟度做神仙。

山翁闲媪逸情畅，

不坠青云气浩然！

1.参加文化部组织的老干部书画班，仲伟权老师授课。

登凤凰山

2017 年 6 月 29 日于大梨树

《金融文坛》、中国金融文学艺术社在丹东凤城大梨树举办文学采风活动，作为组织者与文友同登凤凰山。虽为辽东人，却第一次登临此山，感慨成韵。

耸峙蟠龙势劲雄，

霞标列嶂屹辽东。

千寻岩壑藏幽谷，

万米崇冠凌碧空。

海雾氤氲云作雨，

松涛汹涌气生风。

太宗拜祖即成往，

盛代威灵华梦翀。

金缕曲·游凤凰山

2017 年 6 月 30 日于大梨树

辽阔江山倚。莽苍苍，峰峦千叠，江天万里。滚滚松涛卷怪石，携来采风同醉。聚四海，临川健笔。牛背虎头争险处，任攀登，鸟道猿猱屐。云漫漶，心驰驶。

剑锋直指征骑。我炎黄，椎心泣血，未输豪气。骏马神雕冲天立，再现山河旖旎。看辽东，大鹏展翼。唤雨翻云雄骏影，向青霄，尽展凤凰美。中国梦，更瑰玮。

满庭芳·凤凰山

2017 年 6 月 30 日于大梨树

雾笼青川，岚横绿野，山峦莽莽苍苍。古松伫月，迎客醉清商。牛背虎头信步，共携手、绝顶千冈。凌空宇，阴晴崖壑，海气送祺祥！

煌煌！仁贵箭，天弓开震，洞石飞江。忆大唐贞观，御驾东翔。神骏腾蹄天际，凌云处、惊起凤凰。凭栏望，清辉胜景，阅尽是沧桑。

溽暑大梨树挥毫

2017 年 7 月 15 日

面水临窗眺远岚，

槐花点点入方田。

毫濡墨雨汗濡纸，

一幅诗宣一寸丹。

夏日大梨树采风

2017 年 7 月 15 日

岚烟一抹绕溪村，

淡笔轻描画未匀。

十里棠梨莺剪影，

半池莲藕鹭摇身。

华灯点亮山乡夜，

浊酒浇狂野鹤人。

且放幽情遥寄梦，

清辉水韵荡心尘。

凤凰山感遇

2017 年 7 月 17 日

凤凰岭下听新雨，
梨树村头遇达人。
灼灼梨园三结义，
泱泱网海一家亲。
放怀纵酒嫌杯浅，
敲韵逢君愧句贫。
梦里依稀分袂后，
共弹诗曲酿芳醇。

为龚仲达兄书寻梅诗有寄

2017 年 7 月 22 日

笔底"寻梅"八九枝，

楷行隶草总差池。

细观漫品频频弃，

恐负冰清玉洁诗。

附：龚仲达兄和诗：

步韵奉和，聊表谢忱于万一

愚人笨写一枝梅，

愧对先生墨几池。

何日金兰重聚首，

先行罚酒不吟诗。

（龚仲达，湖北蕲春人，黄冈农行电大中文副教授，中华诗词学会会员，《东坡赤壁诗词》副主编。）

眼伤戏作

2017 年 7 月 23 日周日

4 岁外孙嬉闹时不小心指甲划伤姥爷右眼角膜。翌日同仁医院看医生，未几，药膏治愈。

与孙嬉耍误伤眸，

不意闭门书墨休。

僵卧床头难自已，

忍疼独眼打新油。

新疆天池

2017 年 8 月 10 日

瑶台池水碧如蓝，

垂乳古榆冠盖天。

龙骨虬枝降鬼魅，

西娘王母定神簪。

秋游凤凰山

2017 年 8 月 21 日于大梨树

云轻气爽鸟声啼，

山黛如烟入眼迷。

万壑奔腾如浪涌，

双桥飞架与天齐。

秋风飒飒来乡野，

墨雨渐渐入砚池。

笔自凝情人自雅，

趣生一点写松奇[1]。

1.在大梨树挥毫，墨友书"松风梅骨"横幅，"松"字少一点，余发现并补之。

大梨树闲笔

2017 年 8 月 22 日

盘飧市远皆山味，

樽酒家丰有米醅。

架上瓠瓜遮烈日，

陇头香草入泥杯。

笔会

2017 年 8 月 22 日于大梨树

云轻天碧乱山姿，

蝶羽翩翩戏砚池。

一点长毫生雅事，

携来风月写松奇。

江汉行吟

2017 年 9 月 19 日

蜀道凤凰千里风，

偕来吴楚觅梅松。

援车荷畔莺声啭，

骈足杉林日影重。

黄鹤楼台诗灿灿，

曾侯角徵曲淙淙。

银河暗渡倾心曲，

夕雨朝云伴月秾。

秋分讲课随笔

2017 年 9 月 23 日于大梨树

应邀到丹东凤城大梨树为书画爱好者讲课。

平分昼夜入山隈，

渐退骄阳爽气来。

尘远天高河汉朗，

露凝雨润锦屏开。

长毫一杆秋山染，

残藕半池莺羽裁。

灯彩虹桥织村景，

行吟诗酒畅襟怀。

八声甘州·双节抒怀

2017 年 10 月 1 日

恰中秋国庆沐双辉，灿灿洒晴秋。更西园丹桂，东篱金菊，皓月当楼。醉赏宫商美酒，甘冽爽吟喉。共照霜轮魄，逸兴悠悠。

纵目龙光牛斗，任襟怀洒脱，尽显风流。金沟河荟萃，黑石礁绸缪。正传扬，秦腔京韵，舞丹青翰墨绘新猷。看今世，旗昭日月，梦织芳洲。

满庭芳·丁酉中秋回乡感怀

2017 年 10 月 6 日

霞蔚三秋，花开五色，故里双节寒晴。八方骈手，欢语溢芳庭。摘果葡萄架下，乐丰稔，谷满仓坪。望天外，风轻云淡，雁阵正南行。

融情。山野阔，霜枫似火，玉露如晶。共平湖拉网，鲤跃鲢腾。彩绮凌空曼舞，众芳蕙，争扮明星。今宵宴，翠瓜金饼，对月举匏觚。

赠第一书记 <small>(新韵)</small>

2017 年 11 月

寒冬与栾晓阳赴佳木斯桦川县悦来镇苏苏村拜访扶贫驻村第一书记吕维彬先生。

皑皑飞雪迎朝日，

飒飒山风吹莽榛。

宁向远乡亲草木，

不于闹市染霾尘。

老夫常念农桑苦，

书记甘脱百姓贫。

热炕三冬心更暖，

农庄尽享五粮醇¹。

1.五粮醇，当地用五谷杂粮熬制的粥。

满庭芳·再游瘦西湖

2017 年 11 月 11 日

与栾晓阳赴江苏采风，偶遇龚文宣等同道，遂同去扬州瘦西湖游览。

波潋湖平，竹幽菊灿，祥云掩拥熙楼。野凫争渡，碧水浣轻舟。赏罢金山香榭，兰桡荡、曲调悠悠。霜枫里，莲花叠洞，翠袖舞芳洲。

情酬。曾记否，韵留塔影，梦寄桥头。忆耕钓吹台，万岁金钩。遥望平山堂上，思太守、宛在风流。凭栏处，苍烟落照，鹭燕引清喉。

满江红·恢复高考40年

2017 年 12 月 1 日

银絮狂飘，呈瑞兆，周天飞彻。怜我辈，草庐孺子，赤心坚锲。
遂愿当酬东野誓，求知犹立程门雪。沐春风、得意奋霜蹄，任腾越！

鸿鹄志，今重掇；书生意，雄心烈。更韶华血气，勇开先辙。
四十萍踪留逸史，百年绮梦看英杰。鬓虽衰、举棹且高歌，弹新阕。

水调歌头·秋游大境门

2017 年 12 月 2 日

丹枫燃百岭，石径走千湾。蜿蜒清涧，水瘦林密晓风寒。故垒凭栏寻迹，烽燧拂尘吹履，大漠上孤烟。霜凋岸边草，霞晚照荒滩。

封疆钥，连画角，筑雄关。风流已矣，茶马古道忆先贤。大好河山独守，壮烈春秋几度，燕塞续雕鞍。举目辉光里，丝路涌波澜。

念奴娇 · 大境门

2017 年 9 月 17 日

登峰跃岭，石途陡，山野烟寒风秀。攀壁扶栏，凭远眺，天阔云低水瘦。雉堞雄关，霜凋岸草，断垣存瓦缶。暮云飘去，露出旧痕新皱。

遥想昔日风流，宪宗修烽燧，金汤固佑；门起福临，连画角，大好河山独守。蒙汉藏回，多元文化结，重铺金绣。今朝且听，燕歌一路高奏！

金缕曲·恩师八秩华诞奉寄 [1]

2017 年 12 月 6 日

此曲凝思久。念从师、杏坛数载，赋笺吟籀。潘貌班才翩然对，大块文章俊秀。愧吾辈，情浓词瘦。愿过门庭陪鲤对，弟子心，款款呈耆宿。肝胆意，诚敦厚。

峥嵘岁月霜刀镂。慕贤良，松风梅骨，史传经授。《价值》《黄金》歌豪杰，邺水朱华锦绣。奉天祝，椿年鹤寿。桃熟三千欣献瑞，更期颐、海屋筹添斗。承雨露，道恒守。

1.恩师：余 1982 年初大学毕业后，分配到抚顺市财政局，幸遇关恩国主任，在其麾下供职。恩师风华正茂，才华横溢，和蔼可亲。对我工作、生活、家庭等关怀备至，悉心培养，勖勉有加，受益终生。

踏莎行·讲授书法感悟

2017 年 12 月 8 日

老竹扶风，长毫垂露，年逾花甲当师傅。执鞭彤管走龙蛇，六书八法融狼兔。

松雪刊碑，楷真学步，临池染墨无朝暮。三更灯火五更鸡，真经每在痴迷处。

奉和龚仲达老师《辞职有感》

2017 年 12 月 15 日

杏坛经史十三年，

李茂桃夭沃校园。

从此不需鸡报晓，

东篱采菊弄陶田。

附：龚仲达老师《辞职有感》

湖滨设帐十三年，

最爱流霞醉校园。

桃李万千人老也，

青春犹似在心田。

个园重游

2017 年 12 月 17 日

屡次筇园愧少思，

只缘未到纵情时。

风敲灵岫韵轻吻，

竹拂袅烟尘远驰。

共赏霜枫缘酒劲，

独亲碑碣为联痴。

新朋旧雨同欢悦，

浮梦重寻又续诗。

满庭芳·贺《秋霜诗词》200 期

2017 年 12 月 29 日

　　菊笑寒枝，梅欢飞雪，丹枫偏爱秋霜。炽情如火，梦里笔耕忙。微网清吟浅唱，惊天句，涵碧凝芳。怡怀处，管弦丝竹，心曲奏宫商。

　　流香。梨树苑，临池舞墨，寄傲南窗。恰四海同台，弄韵评章。且喜星驰俊彩，看诗国，浩浩汤汤。风流竟，桑榆非晚，再发少年狂。

题友窗棂冰花照

2017 年 12 月 30 日

莫言北国无冬蕊，

雪雾霜凇凝翠微。

杏雨桃风梅竹恋，

窗棂户牖发春晖。

岁杪述怀

2017 年 12 月 30 日

窗棂冰雪报新钟，

霜剑风刀刻履踪。

临帖耕田皆淡泊，

敲章酌句自从容。

爽挥豪笔荡尘垢，

乐放高怀咏竹松。

宦海沉浮成过往，

文心残简续雕龙。

踏莎行·写春联

2018 年 1 月 2 日

黄耳凌风，金鸡漫步。迎春总把新桃赋。挥毫展纸满堂红，嘉言吉语浓情注。

百福骈臻，千祥云布。天开泰运播仙露。朱轩紫户耀三阳，凤鸾献瑞银龙舞。

贴春联

2018 年 2 月 13 日（丁酉腊月廿八）

早饭后带小外孙一起贴姥爷写的春联和福字，爷孙欢欣，喜气盈门。

窗花联对耀晨阳，

满屋春风散墨香，

牵手萌孙贴福字，

祥云绕户乐无疆。

回乡途中口占

2018 年 2 月 14 日回老家高铁上

高铁疾风驰，

怎堪心比箭。

犹听老院人，

腊酒盅盅唤。

戊戌岁首寄怀

2018 年 2 月 21 日（正月初六）

金鸡苍狗续新程，

聊发颠狂爱晚晴。

举盏诚邀苏白友[1]，

求知愿听汉唐声。

帖碑法韵百千遍，

平仄风骚三十庚[2]。

喜自心中无愧憾，

守儒遵礼写峥嵘。

1.苏白，苏东坡、白居易，此代指热爱诗词。

2.三十庚，自 1988 年动笔涉足诗词至今已 30 余年。

生日双庆 [1]

2018 年 2 月 22 日（戊戌正月初七）

岁首又逢双日庆，

奉天老少祝辰庚。

霞云同耀天晴好，

手足交杯家乐融。

海屋筹添人寿旺，

玉兰花盛树荫浓。

祥光映水琴流韵，

放眼尧天看九龙。

1.今日家人在沈阳为拙荆（初六）和振光弟（初七）共庆生日。

戊戌春节

2018 年 2 月 23 日

金鸡苍狗续时光，

辞岁钟声报吉祥。

老院张灯迎老客，

新桃盈柱赋新章。

乡愁撩得游人苦，

情思惹来幽梦长。

未及杯中年味醒，

已期亥岁再飞觞。

戊戌元宵节

2018 年 3 月 2 日（正月十五）

良宵金犬闹红灯，

老院篱笆月照明。

酒盏欣同冰盏醉，

窗花漫与雪花莹。

应怜玉臂湿香雾，

更喜清辉映碧泓。

劲舞长毫诗墨洒，

霜娥银汉荡心旌。

〔双调〕折桂令 · 过崇明岛

2018 年 3 月 17 日

　　喜春风刮过浦江，暖意熙熙，车马泱泱。一路桃花，半坡紫叶，十里芳香。

　　赏景儿谁分老幼，是花朵不辨红黄。不恋城隍，远去霾霜，天地霄壤，莫负春光。

京都二月初一观雪

2018 年 3 月 17 日

京华二月搅寒澌，

玉瓦金街看景奇。

莫谓今年花事晚，

天飞六出点春枝。

118

万年欢·咏荷

2018 年 3 月 24 日于临沂

雅冠群芳，恰芙蓉出水，占尽风光。丽质天然，琼珠泻露凝霜。半卷初开嫩叶，惹蜂蝶、啜蕊含香。浑犹似，素月峨眉，袅婷玉立端方。

东君总误佳季，憾根生春恨，丝乱柔肠。太白濂溪神笔，醉写辞章。韵字琴心暗度，缔莲藕、池浴鸳鸯。秋泓里、结实玲珑，辉耀华堂。

途中苦吟

2018 年 3 月 25 日于济南西站

　　应邀参加"第二届沂蒙精神文学奖（鲁南制药杯）"活动启动仪式后，搭济南葛先生车从费县到济南西站换乘高铁，候车 4 小时。继续推敲《万年欢·咏荷》词。

回京转道济南西，

两个时辰谁与栖。

拾笔续敲莲藕句，

为伊拈得意痴迷。

植树杂感

2018 年 3 月 28 日

柳绿桃红又一春，

媪翁携手上山岑。

年年锹镐漫山响，

只见鱼坑不见林。

行香子·清明寄怀

2018 年清明

冷水寒飓，河柳低垂。迓游人几处来归。故人不见，谕训如随。诲道无反，德无失，礼无违。

雪涛春涌，残冰泥化，感苍天共与清凄。松杉颔首，竹菊凝悲。奈纸成蝶，泪成雨，梦成诗。

惠州春行

2018 年 4 月 16 日

随中国金融文学艺术社赴惠州采风，下榻巽寮宾馆。与文友泼墨作画吟诗，感发律句一首。

巽寮亭北惠州西，

浪稳波平烟雨淅。

几簇梅花开秀岭，

一池锦鲤弄春溪。

长毫劲泼东坡句，

古赋漫吟半岛题。

遥念乡间尤念我，

岭南梦里起耕犁。

岭南春韵

2018 年 4 月 17 日

浮云袅袅渐苍茫，

大亚湾头闲作航。

海上粼光犁细浪，

岭南春墨写华章。

船游共乐凫鸥戏，

田步同欣花草芳。

千亩荔园铺锦绣，

人间烟景是仙乡。

鸟唤

2018 年 4 月 19 日晨于野趣沟

晨醒听山雨，

窗外鸟声深。

雅兴终难抑，

拈来短句吟。

醉花间·天意

2018 年 4 月 19 日于惠州亿嘉国际大酒店

与韩光利画家到广州采风结束，欲返程，因遇台风，航班停飞。转道惠州，不巧，航班亦停。无奈夜宿惠州一家酒店，把盏倾怀，忆好友当年惠州艳遇，醉吟小令趣记。

随天意，遂心意，兄弟东江醉。把盏感天缘，幸矣航班寐。

悦兴牵挂地，织女暗书字。朝云流晚霞，独把相思寄。

题友春意照

2018 年 4 月 25 日晨

料峭东风枝上归，

桃红杏粉斗芳菲。

莫嫌塞北春来晚，

早有心花逐韵飞。

自嘲

2018 年 4 月 27 日

笔为良媒韵作朋，

茶当益友竹称兄。

心怡何计名和利，

腹有诗书气自闲。

〔中吕〕山坡羊·东汤沐浴

2018 年 5 月 13 日

梨花吐秀，柳丝颔首，涟漪池里风吹皱。鸟啁啾，蝶舞袖，倚轩扶槛望云岫。水上鸳鸯莲并藕。身，清爽透；心，舒爽透。

八声甘州·乡春

2018 年 5 月 13 日

　　任京城草木谢芳华，春意上篱笆。惜东风迟步，山乡绿晚，才吐新葩。碧玉妆成弱柳，款款戏青芽，举目村边望，杏蕊桃花。

　　且看紫泥红径，有沙鸥白鹭，云锦西斜。叹农人忙甚，无意赏繁奢。走牛犁，趁墒耕垄，垒檐梁，熟燕筑新家。风流洒，于诗酒处，共醉烟霞。

暮春京雪

2018 年 5 月 14 日

京华暮春，大雪如席，雪片与春花齐飞，白云共山岭一色。欣成五律。

京畿春已暮，天女散香来。

花雪两眸乱，云山一色裁。

琼英镶满树，玉宇净无埃。

应谢东君老，吹余诗窦开。

照江梅·雨中东栅

2018 年 5 月 31 日

水乡漫步雨生奇，淡墨染迷离。花伞花妞争艳，竹烟掩映门楣。

作家故里，翰林宅第，古戏新姿。"三白"酒旗飞篆，游人醉侣情痴。

水调歌头·重游乌镇

2018 年 6 月 1 日

东栅沐晨雨，西栅洗晴川。小桥石板古巷，信步踏轻烟。细雾庭前漫漶，画舫湖中摇荡，翠蔓绕阶栏。伞下藏俦侣，雅韵会心弹。

翰林第，琴书肆，枕水眠。戏台蜡染蓝槛，倒影看云闲。瓦屋酒旗飞篆，竹阁砂壶煮茗，再谒雁冰轩。共赏帘栊月，辉烛照清欢。

值父亲节重温寒窗四载家严书信

2018 年 6 月 7 日

四载寒窗墨迹浓，

留痕岁月忆乡惊。

雁来桑梓每衔泪，

笺自椿萱常荡胸。

羊厩难驰千里马，

花盆奚育万年松？

修身继祖知行律，

唯读唯耕奉鹤踪。

画堂春·辽东采风

2018 年 6 月 24 日夜

凤栖梧树故园思，骚人雅士情痴。卧云拈管墨融怡，又聚东篱。

柳畔荷塘送爽，徽廊小院含滋。一壶老酒酿新诗，此乐谁知？

沁园春·走近大梨树

2018 年 7 月 4 日

辽野葱茏，满目氤氲，丰美壮观。望果林万顷，山开胜境；药田千谷，雨润晴川。惊醒冰渊，誓通天堑，阁榭桥廊画里看。朗空外，数繁星灿灿，卧听梧蝉。

多娇禹甸江天，赖英杰光华照锦园。更褰裳举袂，穿云破雾；犁波辟浪，御雪冲寒。民富家殷，时和政肃，黎庶齐声赞昔贤。同心干，庆乡风如古，换了人间。

136

重游大梨树

2018 年 7 月 6 日夜醉笔

江风梳北柳，

水榭映亭楼。

干塔参天立，

山溪越谷流。

近乡情更切，

远俗韵偏悠。

挥笔书心曲，

梨乡任咏讴。

临江仙·立秋乡村小憩

2018 年 8 月 7 日于大梨树

溽暑已过青翠谷，梧桐叶送新凉。松亭双鹤自徜徉。墨润毫下纸，老酒激诗肠。

远眺凤凰云上耸，烟岚浓锁晴光。风荷雨里闭幽香。栅边金菊放，倚槛读斜阳。

再谒杜甫草堂

2018 年 9 月 17 日

菊芳桂馥裹香斋，

玉藕莲蓬并蒂栽。

花径常随迁客扫，

柴门不待主人开。

苍波依旧染春水，

佳句如斯盖世才。

更喜秋池傍鸥侣，

白沙溪畔锦辉裁。

再别蓉城

2018 年 10 月 2 日（自蓉至京高铁上口占）

别来闲读雨霖铃，

柳永春词荡客胸。

惜别长亭频回首，

何期把盏望舒晴。

永遇乐·回母校参加 77、78 级学子入校四十年庆典

2018 年 10 月 15 日

余 1978 年 3 月考入东北财经大学，一晃 40 年矣！

橘绿橙黄，枫红菊紫，秋色新赋。星海扬波，尖山颔首，喜卅年胜聚。两闱学子，一朝才俊，沧海中流砥柱。忆当年，冲天豪气，都付半生烟雨。

白云苍狗，山南关北，望断飞鸿无数。同学韶年，而今翁妪，叙别怀离愫。垂纶煮茗，犁田泼墨，乐此青春重度。且珍惜，老梅苍竹，朝花夕露。

重阳游神堂峪

2018 年 10 月 16 日

值重阳节，参加单位组织的游怀柔城北范各庄神堂峪登山活动。

穿云破雾上神堂，

古道残垣紫柏苍。

九曲听琴泉作谱，

三秋赏菊笔凝霜。

登高应赋东坡句，

寄傲当吟五柳章。

酒煮茱萸同一醉，

白头翁似少年郎。

为外孙画变形金刚

2018 年 10 月 17 日

橡皮铅笔做刀枪，

漫写轻描哄小郎。

托起擎天山虎兽，

青云不坠学金刚。

念奴娇·离乡40年感怀

2018年10月20日

冬闱折桂，便离家，回首卌年情切。弱冠南行成远别，梦里何曾安歇！影顾平山，心连老院，鱼雁捎边月。征程南北，四京秋露冬雪。

难忘最是乡愁，渔樵耕读，梁上燕声叠。暗换垂髫生素发，过了青葱时节。河水西流，浮云无际，霞舞残阳烈。光阴迢递，笑看江远天阔。

傍晚独酌

2018 年 10 月 31 日于蓉城"大蓉和"独自小酌。

白水析红辣，

鱼头佐小醇。

三秋无月夜，

灯影照双人。

满庭芳·登华蓥山

2018 年 10 月 31 日

应邀参加《中国金融文化》杂志社 9 月 17—21 日举办的四川华蓥、广安采风。

雾锁群峰，岚笼竹海，雨中曲径攀缘。崖奇洞诡，苔上滤清泉。绿谷红岩紫蔓，石林矗，巨擘擎天。凭栏望，浩叹蜀道，万里渺云烟。

痴迷行乐处，湖鱼戏蕊，林鸟啼恋。仰丹霞，壁痕镌铸华篇。犹见双枪老太，巍然立，血荐轩辕。斜阳外，渠江落照，暮色染苍山。

感怀

2018 年 11 月 4 日

尘事飘飘类转蓬，

悲欢荣辱一江风。

莫嗔光淡门罗雀，

更喜书香墨戏鸿。

每慕陶潜耕陇亩，

常邀太白醉芳丛。

世情岂与诗情比，

韵准音谐律自工。

暗香 · 读书会遣怀

2018 年 11 月 5 日

应邀参加保险作协在京华潇湘曾府举办的读书会，有感而发。

古都秋色。似阳春时候，风颐霞逸。竹影敲窗，曾府潇湘水含碧。胜友耆贤雅集，倾心读，史经词律。霜天处，如火枫栌，醉把锦林织。

香溢。漫书墨。念小渠清嘉，临川诗笔。囊萤凿壁。都将情怀付篇帙。更见星星文字，自有那，玉颜金宅。半塘里，欣见得，水光云熠。

再游锦官城

2018 年 11 月 8 日

奔波千里欲何求？

蜀道难攀夏复秋。

杜甫堂缘花径扫，

都江堰望大江流。

菊香犹自凝霞露，

星阔焉能隔女牛。

痴醉非关杜康惹，

清辉丽质荡心眸。

冬日野趣沟采风

2018 年 12 月 10 日

寒雨挟风同溯洄，

又逢野峪桂山隈。

北疆已撒六花蝶，

南岭正开三角梅。

共自池中研岁月，

每从韵外见诗才。

竹林再举金樱盏，

老酒童心亦快哉。

冬日野趣沟

2018 年 12 月 8 日晨

其一

寒风凛冽卷松轩，

三角梅开竹自闲。

笔底文章呈画卷，

半坡红叶染冬山。

其二

大雪初临访古梅，

再寻野趣入高台。

每临桂壑得新意，

三千飞瀑九天来。

野趣沟六美图

2018 年 12 月 9 日

石

芭蕉叶下风皴染，

赭玉黄苔彩笔涂。

山鸟争知仓颉意，

撒金纸上写天书[1]。

藤

根杪缘何互绕缠，

春花秋月不知年。

恩仇爱恨难分解，

共织网情朋友圈。

花

野岭冬深赏岁华，

苍山犹放数重花。

朱缨黄菊梅含笑，

金桂香缠紫竹纱。

竹

云根几簇耸天竹，

株老叶肥堪作书。

影入斜阳成个字，

一群山雉写真如。

瀑

九重天外泻飞流，

白练当空豁眼眸。

卷雪堆珠崩碎玉，

水云烟雾锁龙湫。

梅[2]

野峪仙岑孕古藏，

报春次第冠山王。

寒凝疏影黄昏月，

根老无花干亦香。

1.山中偶见一长满金黄色苔藓的巨石。

2.野趣沟山里有五株古梅，花开不同时，此凋彼开，花期月余，堪称一绝。

砍樵

2018 年 12 月 10 日

腰系麻绳斜挎刀，

冰河雪岭朔风号。

捆星绑月归来晚，

饥守火盆烧豆包[1]。

1.上大学前，冬日严寒风雪中上山砍柴，归来饥肠辘辘，便从仓房缸里拿几个黏火勺放火
盆里烧熟后，带草木灰而食，味道好极了。

砚边偶得

2018 年 12 月 20 日

遣释劳形恋米颠，

半游宦海半耕田。

闲将余墨濡狼尾，

信取残宣就马篇。

随意撷来方惬意，

自然挥洒最怡然。

从心所欲不逾矩，

世事苍茫有洞天。

岁杪回眸

2018 年 12 月 30 日

才赋丹枫野趣汀，

催诗又见雪飞扃。

半床翰札晤元白，

一盏冰壶煮月星。

策马奋蹄狂更发，

耽毫痴韵醉难醒。

猿啼声里千帆远，

且看山光满眼青。

望海潮·《金融文坛》创刊十年感怀

2018 年 12 月 31 日

　　金潮[1]初起，银帆正劲，铅华记忆流年。雠校鲁鱼，批分帝虎，堪明平仄嫣妍。宿雨带朝烟。好风当借力，绮梦终圆。耜垄耕田，文坛桃李百花繁。

　　春雷声震尘寰。喜铭刊似牒，巨笔如椽。霜发壮心，书生意气，再将杨柳新翻。愿作嫁衣冠。慕勤蜂野鹤，老骥新辕。再谱长歌短调，绝响遏云端。

1.金潮，系金融系统文学期刊创刊刊号，滥觞于武汉。

元旦第一篇

2019 年 1 月 1 日北京—沈阳高铁

新岁开篇手不闲，

读书微信诵佳篇。

游人不觉行千里，

京府奉天弹指间。

新年首日购车存念

2019 年 1 月 2 日

岁首匆匆走奉天，

逐潮开解四连环[1]。

街衢纷乱勿迷路，

握好自家方向盘。

1.四连环，指奥迪车标。

北京写春联

2019 年 1 月 4 日

飞白煊红北国春，

长毫劲染岁华新。

笔端犹带江南韵，

有雪无梅做俗人 [1]。

1.在单位写春联，窗外小雪。宋人卢梅坡诗云："有梅无雪不精神，有雪无梅俗了人。"

剪纸

2019 年 1 月 5 日

应烟台剪纸艺术家刘彩虹之嘱，拟此律句以赠。

龙翔凤翥耀华东，

一得堂中焕彩虹。

巧著金刀催曙色，

芳侵玉指剪春风。

岁寒更喜松梅竹，

韵美堪胜角羽宫。

乐为人间添福瑞，

丹心裁出满山红。

生日感怀

2019 年 1 月 26 日

蜡梅开处报新钟，

岁杪回眸别有情。

副业欣然成主业，

后生愧矣做先生。

沉浮天法螺旋律[1]，

平仄韵敲金石鸣。

乐享天伦传翰墨，

诗书继世振家声。

1.余刚毕业时从事研究编辑工作，两年后任抚顺农行副行长；从抚顺到省农行开始亦做同职业，四年后任副行长；退休后依然老车新辙，重操旧业。故谓"螺旋"式成长。

题插花

2019 年春日

欲求马齿到坑崖，

四野翻寻不见芽。

采得金葵和荻草，

秋英雅室绽春花。

遥贺

2019 年 1 月 31 日（戊戌腊月廿六）

一曲葫芦万缕丝，

燕山琼岛月交枝。

宫商角徵流辉韵，

平仄吟成祝寿诗。

踏莎行·教孙写福字

2019 年 2 月 2 日

翠竹生风，蜡梅吐蕊，千重秀色蒸年味。满园烟景酿香醅，举杯邀与春光醉。

笔底流霞，池边凝瑞，老夫携仔同描绘。嫩毫飞篆写祯祥，喜看墨苑开新蕾。

拜年

2019 年 2 月 4 日

青阳照闾里，
除夕恰逢春。
把盏迎猪岁，
南窗贺吉辰。

喜己亥元日降雪

2019 年 2 月 5 日（己亥正月初一）于老家

一夜东风至，

梨花飞满天。

祥云生紫户，

瑞雪兆丰年。

天香·己亥回乡过年有怀

2019 年 2 月 11 日（正月初七）

　　雪野空莹，山岑远照，迤逦炊烟香斗。冰颖垂檐，霜花绘牖，又到元春时候。灯红签镂，共映射、白豚黄狗。向日庭台曦早，耕读家门铺绣。

　　岁岁八方聚首。汇东篱、九龙分秀。脉衍千秋俎豆，蹈仁歌阜。更喜年丰福厚，庆人寿、觥筹交诗酒。最是亲情，天长地久。

挖菜窖

2019 年 2 月 14 日

好趁晴空日，

田园挖窖坑。

冰箱天地赐，

空调自然衡。

白菜马铃薯，

甘蓝山里红。

窖中藏百味，

碗里暖三冬。

鲜嫩调咸淡，

青黄补歉丰。

而今无四季，

棚厦贮春情。

住院偶书

2019 年 2 月 15 日（正月十一）

春节回乡期间，偶见腿肿脚胖，疑肾有疾。回京后到中日友好医院就诊，多种检查后，胖肿消了，仅发现心脏微恙。

戊亥春正庆酒卮，
心慌腿肿众亲疑。
杏林道里郎中拜，
棕榻枕边灯虎嬉。
开卷千言吟子美，
持机百度读张芝。
人逾花甲身多恙，
心悦堪将小病医。

己亥上元有寄

己亥元宵节

阳和泛起半江烟，

雪后蟾光浮梦牵。

把卷怀人思子美，

举杯对影约青莲。

百题灯虎阖家乐，

几阕春词独自颠。

云湿清辉夜难寐，

京华月晕不长圆。

己亥元宵节遥寄

2019 年 2 月 19 日

又到上元日，

京畿羁老身。

高天不见雪，

宫阙枉光阴。

海角同望月，

天涯共思亲。

清辉湿玉臂，

碧雪洒银樽。

无奈迢遥夜，

冰轮照我心。

临江仙·己亥上元遐思

2019 年 3 月 4 日

　　孤影南窗扶槛，风清更觉生凉。长毫黄卷溯流光。雪花楼外落，谁约赏琼芳。

　　看淡烟云利禄，痴情晋韵唐章。幽思如缕品茶香。高怀邀皓月，平仄入词觞。

冬日窗花

2019 年 3 月 5 日

来时无影去无踪，

花草山川神笔工。

玉洁冰清浮丽影，

寒冬窗牖剪春风。

题芙蓉洞照

2019 年 3 月 5 日

丽姿曼妙天工巧，

波涌山移云雾飘。

疑入莲花千佛境，

芙蓉国里尽妖娆。

定风波·谒曹雪芹纪念馆

2019 年 4 月 3 日

双骑翩翩黄叶西，

分花拨草过清溪。

林鸟多情啼不住，

寻路，

满山空翠湿人衣。

小憩流泉声澹澹，

放胆，

芹翁约我酌新诗。

杯映烟霞心欲醉，

相对，

白云舒卷两忘机。

鹊桥仙·三亚行吟

2019 年 3 月 22 日

　　椰风谷韵，黎乡苗寨，大小洞天同渡。天涯海角留鸿爪，波涛滚、云云雾雾。

　　南疆孤旅，红林双鹤，星海银河播露。回眸前路风和雨，共期许、朝朝暮暮。

品江南宿友新茶有作

2019 年 4 月 9 日

燕都朝雨细如纱，
龙井和香浣碧霞。
一俟明前三五日，
瀹泉吹雪煮新芽。

观梁凤仪话剧《挚爱》

2019 年 4 月 6 日

一如仙子下尘寰，

鹤韵兰姿带翠颜。

七秩清芬呈万态，

两栖大爱蕴千般。

博文约礼诗书外，

瀹智崇仁旦暮间。

有凤来仪春树暖，

氍毹骋步耀斑斓。

行香子·槟榔谷¹

2019 年 4 月 12 日

　　椰木参天，藤蔓生烟。缘溪入，隐逸桃源。千年苗寨，百代黎垣。愿歌于云，食于野，宿于船²。

　　兰花草屋，箫弦火舞，雨林中，古韵悠欢。波隆³情炽，幽谷缠绵。恰身如仙，心如醴，意如禅。

1.槟榔谷坐落于海南省保亭黎族苗族自治县，系黎族、苗族聚居地。

2.黎乡居住草房形如船。

3.波隆，黎族人见面祝福语。

登梵净山

2019 年 4 月 25 日

应乡友杨洪思之邀，与刘世胜赴贵州铜仁某厂采风，翌日同登梵净山。
自带野餐，白酒，老哥仨以竹筒当杯，山间亭台把酒临风，吟诗畅怀。

携登金顶上层巅，

脚踏云头唱大千。

万卷崖书观自在，

三交竹盏醉飘然。

闻香花鸟也知味，

听曲林风来拨弦。

路远山高难隔月，

笛箫韵里意缠绵。

附：杨洪思兄和诗：

与范兄、刘兄把盏梵净山闲云阁

坐饮云中梵净巅，佛光瑞霭照樽前。
酒香惹得游人住，笑问三翁何处仙。

（杨洪思，同乡同庠好友，诗人。现居广西。）

沁园春·梵净山抒怀

2019 年 5 月 5 日

黔贵名城，苗侗古寨，净土梵天。看奇峰嵬崛，老鹰展翅；秀岩婀娜，灵草裁笺。万卷经书，九龙池水，般若泉开千瓣莲。望金顶，绕彤霞紫雾，瑞霭光环。

他乡故旧同攀。揽盛景童心更灿然。赏金刀峡谷，摩崖刻石；苍山月镜，敕赐流丹。倚竹临风，凭栏把盏，无忌吟朋胜七贤。圆夙梦，枕拿云妙句，醉里蓬仙。

痛挽"笑翁"同道

2019 年 5 月 7 日

谜友群欣遇营口耄耋"笑翁"（未知尊姓大名），诗词灯谜皆擅。未几，便惊闻先生仙逝，痛惜，以四韵悼念。

鹤腾折翼犹惊梦，

泄白梨花哭"笑翁"。

谜网结缘同射虎，

文坛会友共雕龙。

悲闻朋辈成新鬼，

忍向诗丛觅旧踪。

摘遍骊珠成碎锦，

壮怀千古卧云松。

"五一"携姊妹游石文梨花谷

2019 年 5 月 9 日

谁言四月芳菲尽,

放眼辽东花正肥。

草上梨枝蜂戏蝶,

漫天遍野雪飘飞。

母亲节忆母

2019 年 5 月 12 日

每于梦里见慈闱，

音貌依然白发稀。

九子徒怀贤孝在，

长天任有鹤云飞。

灯前影瘦缝衫袄，

灶上烟疏煮蕨薇。

我欲乘风凌昊宇，

托星拜月唤亲归。

箫吟

2019 年 5 月 19 日

为杨洪思兄获友赠箫而题

云逐晚风临，

雅韵调玉音。

紫篁缠凤翼，

月下水龙吟。

沁园春·都江堰骋怀

2019 年 5 月 29 日

随老干部队伍到四川春游。第一次到都江堰，被其浩大工程和李冰父子治水分江功绩所感，调寄沁园春记之。

千里烟涛，万古湔堋[1]，泽被八荒。荟仙都奥妙，芳洲翠巘[2]；神岩福地，玉垒云翔。屏障巴山，门纡蜀道，几度虹霓缀夕阳。何曾忘，筑离堆鱼嘴，禹绩安邦[3]。

驱江策浪同航。引老骥、奋蹄任醒狂[4]。叹抽心截角，堰吞虎啸；飞沙卧铁，潭锁龙猖。林茂桥繁，河清海晏，夹岸弦歌鱼米香。奔流处，览钟灵天府，寄傲沧桑。

1.湔堋（jiānpéng）：秦蜀郡太守李冰建堰初期，都江堰名"湔堋"。

2.翠巘（cuìyǎn）：青翠的山峰。宋苏轼《祭常山回小猎》诗："回望白云生翠巘，归来红叶满征衣。"

3.禹绩：指夏禹治水的业绩。《诗·大雅·文王有声》："丰水东注，维禹之绩。"此处指李冰继大禹治水之功绩，再治岷江，安邦济世。

4.醒狂：典出《汉书》卷七十七《盖诸葛刘郑孙毋将何传·盖宽饶》。"宽饶曰：'无多酌我，我乃酒狂。'丞相魏侯笑曰：'次公醒而狂，何必酒也？'"后遂以"醒狂"谓狂放傲世。

读书

2019 年 6 月 4 日

案头开卷喜眉批，
情致兴来自作痴。
讹舛箴铭着重笔，
真经每在问疑时。

父亲节前夜梦先父

2019 年 6 月 15 日于大梨树

夜梦为桥两界通，

椿庭有信倩孤鸿。

宽襟厚德尊诗礼，

疏食盈书启稚蒙。

放旅江河抟鹄翼，

刨耕田垄奋蹄骢。

山崩梁倒吾何怙？

翰墨传家百代功。

开课寄语

2019 年 7 月 3 日

大梨树基地为培训班讲授"古体诗词入门",以七律做开场白。

春来古国焕新妆,

杨柳枝头诗意长。

好趁韶华师圣哲,

何妨襟抱付疏狂?

填词少作闲情句,

赋韵须登大雅堂。

追步苏辛高格调,

各倾陆海与潘江。

回乡有思

2019 年 7 月 5 日

佳节又回山海东，

椿树萱草忆旧程。

终生半就传书礼，

一报双刊做启蒙[1]。

南旅为丰鹏羽翼，

西行更屹耸天松。

长儿失怙天何恃，

九子成才慰鲤庭。

1.家父省吃俭用，用微薄薪酬为子女订阅《中国少年报》《少年文艺》和《小朋友》报刊。

题外孙幼儿园毕业照

2019 年 7 月 5 日

博士冠缨亮虎姿，

乐园稚趣一朝辞。

开蒙启智笠翁韵，

习礼亲仁弟子规。

羁鸟出林抛旧羽，

池鱼入海觅新知。

丹山桐路千般好，

雏凤清声正可期。

盛夏梨乡雅集

2019 年 7 月 24 日

七月天流火，

松亭立影斜。

风熏河畔柳，

雨润路边花。

蜂蝶舞山韵，

丹青抹夕霞。

胸襟有丘壑，

雅谊盏中奢。

南歌子 · 《秋霜诗词》300 期颂

2019 年 8 月 12 日

好雨滋芳陌，丹枫醉美轩。群儒杨柳共新翻。三百嘉期妙句、永流传。

不入黉门府，仍弹大雅弦。长毫浓墨写精篇。蕴藉风流诗酒、享余年。

附：杨洪思兄和词：

南歌子 · 步范兄《〈秋霜诗词〉300 期颂》

翰苑秋霜曲，奇葩簇锦轩。蛟腾凤舞共飞翻。万首唐风晋韵、五洲传。

盛世文星熠，当歌大吕旋。华章国粹赋新篇。尽舞临川雄笔、颂尧年。

中元祭

2019 年 8 月 14 日于老家

霏霏淫雨浅秋时，

应感苍旻共作悲。

漫漫岚烟行孝意，

萋萋青草寄哀思。

一抔黑土幽冥祭，

三炷心香泉壤知。

挈子携孙相揾泪，

家风清睦慰严慈。

家山好·孟秋回乡

2019 年 8 月 15 日于老家

淡云轻抹景晴柔，南溪静，北山幽。游蜂醉蝶芳丛闹，异葩羞。摘瓜果，品乡秋。

小儿争荡秋千架，笑语伴莺喉。亭台朴雅，清茶薄雾浣尘忧。诗心似水流。

回乡奉谒老师感怀

2019 年 8 月 20 日

红山苏水漫秋芳，

谒拜恩师忆旧庠。

桃李门前恭立雪，

《春秋》卷里惜偷光。

名扬千古魁星颂，

功冠百朝云汉昌。

赖有乡间风气在，

永传薪火溢书香。

临江仙·外孙入学感叹

2019 年 8 月 30 日

    告别稚园登学府，情怡难掩忧思。京庠"中古"久心仪。紫轩镶碧瓦，杨柳映花枝。

    底事无欢空喟叹，从今枷板难支。杏坛冊载甚堪悲。玩童师礼日，桃李折芳时。

外孙入学有寄

2019 年 9 月 1 日

秋影流金入校时，

欢龙顽虎亮新姿。

学妆楚楚明如月，

笑脸盈盈灿若曦。

但爱长毫磨古砚，

且听雏凤唱清词。

澄怀何以传孙仔，

心底情浓好作诗。

观潮

2019 年 9 月 22 日晨于烟台金海湾酒店

开窗放眼阔，

拍岸卷狂涛。

激浪高千尺，

诗潮入海潮。

国庆假日与诸胞弟自驾游

2019 年 10 月 6 日

闲来狂作少年游，

五色辽东豁眼眸。

霜染丹枫涸岫谷，

露滋金穗过田畴。

蛤蜊岛畔枕沙浪，

鸭绿江中荡芥舟。

把盏临风共邀月，

放怀天地寄蜉蝣。

自驾游记

2019 年 10 月 7 日

驾驶回乡里，

秋霞映紫阳。

天边几行雁，

池畔满湖光。

霜染枫林醉，

风吹稻谷香。

山幽闻鸟碎，

水秀看鱼翔。

品茗诗书咏，

敲机倩影藏。

真情论手足，

清水浴鸳鸯。

欢愉一路洒，

幸福满车装。

如梦令·重阳

2019 年 10 月 8 日回京高铁上

乍别山涛海岫，再饮锁阳家酒。手足聚言欢，何必茱萸入缶。怀旧，怀旧，最是亲情时候。

古北水镇二日游

2019 年 10 月 18 日

国庆期间偕妻随团到京北"古北水镇"二日游，景点仿浙江乌镇建造。

古北山乡隐乌镇，

小桥流水假还真。

遍游斋肆无珍宝，

连画唐诗送外孙。

人力资源工作赞

2019 年 10 月 20 日

天下诸般技，

人为万事先。

甘承伯乐志，

愿配玉螭鞍。

三顾求高士，

八方觅俊贤。

长城唯好汉，

健笔写新篇。

自蓉城至北京高铁读
《蒋勋说宋词》趣言

2019 年 10 月 21 日

千里孤程莫谓烦，

名家陪我赏奇篇。

东坡柳七聊诗语，

穿洞飞江谈笑间。

题雪景照 _{（新韵）}

2019 年 11 月 30 日

开机欣见雪花飞，

黄莠青松挂素辉。

更喜枝头忍冬果，

北国红豆照心扉。

天净沙·闲情逸趣

2019 年 12 月 2 日

疏烟淡酒浓茶，雕章泼墨涂鸦，敲韵怡孙尔雅。躬耕篱稼，踵其事而增华。

微恙自嘲

2019 年 12 月 19 日

闭门少听窗外事，

瀹雪烹茶恋紫壶。

始悟耳聋非为病，

板桥教我学糊涂。

病中杂感

2019 年 12 月 19 日

之一

寄傲南窗一壮夫，
突升血压耳鸣乎。
墨凝笔涩懒疏甚，
意恼心烦苦闷殊。
时眩时清真拙钝，
半聪半聩好糊涂。
达观怡乐乃良药，
莫信庸医鬼画符。

之二

来如山倒去抽丝，
微恙缠身心力疲。
待见满箱皆是药，
方知有病乱投医。
糊涂里赏板桥竹，

清醒时挥文正词。
耳聩少听烦乱事,
神怡畅写咏怀诗。

　　　　之三
一朝微恙入迷津,
面壁忧思恼杀人。
笔底砚枯难纵意,
诗行韵涩已蒙尘。
文风渐与世风远,
耳眼怎如心眼真。
天意当知情未老,
唯凭翰墨长精神。

附张国才师兄和诗:

　　余连日在沪、穗、渝奔波,途中偶读振斌兄《病中杂感》,感慨系之。然,碌碌中迟复,歉疚也。今复乘高铁赴沪,步其韵以和之。

华章品读味津津,
纵在他乡却近人。
文采腾蛟惊四座,
才思起凤笑三尘。
风寒偶染烟松劲,
浊酒微醺蝶魄真。
天若有情天亦老,
但求连璧更丰神。

　　　　　　　　　　2019 年 12 月 26 日　写于 G7 列车上

临江仙·再游东湖

2019 年 12 月 26 日

与湖北几位文友到东湖延湖中小路散步，触景生情。

雨洒亭楼飘落叶，湖光山色蒙茸。舟横鱼跃远岚升。几簇残荷立，犹在听涛声。

鸥鸟翩翩天地远，悠悠岁月峥嵘。巴山楚水共潮生。杉堤寻倩影，寒柳待春风。

一剪梅·登黄鹤楼

2019 年 12 月 26 日

与栾晓阳赴湖北召开读者见面会，其间登上黄鹤楼，感慨遣词一首。

残柳萧疏冬水寒，雾锁龟岭，云笼钟檐。依稀闾巷望阑珊。黄鹤无踪，诗剩崔篇。

三楚楼拥兴雨岚，今古风流，自在江山。霞光向晚夕阳偏。新墨难写，往事如烟。

岁杪遣怀

2019 年 12 月 31 日

雪飞腊尽又经年，
回望苍峦雨带烟。
书读半窗知恨少，
词敲数阕韵嫌偏。
清新松墨犁缯楮，
苦涩心痕沉海渊。
笑看云蒸水穷处，
山花与我两怡然。

写春联

2020 年 1 月 10 日

岁腊天寒瑞雪纷，

红笺如海上新门。

一支紫竹狼毫笔，

送去千家万户春。

庚子正月初六感怀

2020 年 1 月 30 日于枣园

　　庚子年初，新冠病毒突袭，武汉封城，各地避之如虎。余正月初五与妻从老家返回后，隔离在枣园新居，至元宵节方回家。遵家乡习俗，是日过 66 岁（虚岁）生日，与妻包 68 个饺子，奉天地各 1，自吃 66 个。亲人手机祝福连连。

荆楚强瘟扰世忧，

岭南江北满城休。

逢灾华夏多豪士，

避疫南窗躲小楼。

半醉半迷三国志，

自斟自饮二锅头。

关河岂把亲情阻？

贺岁心声汇网流。

立春

2020 年 2 月 4 日

时至立春春不归，
邪风恶雪武昌危。
封城难解家中锁，
且待东风唤绿回。

避疫宅家

2020 年 2 月 4 日（立春）于枣园

庚子立春日，

闷家七八天。

凭窗看寂巷，

把卷读孤篇。

有兴张灯虎，

无毫戏砚田。

忽来枝上鹊，

寄语白云边。

初春喜雪

2020 年 2 月 5 日

隔窗放眼落银纱，

且盼鹅毛舞岁华。

庚子却嫌春色晚，

横斜穿树做春花。

题友海滩螃蟹足迹照

2020 年 2 月 6 日

沙滩漫画纹纹，

海面波光粼粼。

游人来去点点，

椰风舒卷匀匀。

元宵节偕家人猜谜

2020 年 2 月 7 日于枣园

闲来射覆五十条，

聊共幽居遣寂寥。

范氏门中多虎将，

阖家千里闹元宵。

庚子元宵节

2020 年 2 月 8 日（正月十五）

岁岁元宵今夜沉，

宅人无意赏冰轮。

遥斟雪盏酹黄鹤，

祈拜"雷公"和"火神"[1]。

---

1. "雷公""火神"，系武汉一周内建起的两座方舱医院。

庚子元宵又作

2020 年 2 月 8 日

上元灯月冷人间，

户锁街封车马闲。

防疫英雄荣北国，

降瘟国士屹南山。

白衣披甲挥天剑，

黄鹤含悲垂泪颜。

祓禊东风迎丽日，

春晖熠熠满瀛寰。

给外孙画变形金刚

2020 年 2 月 13 日

宅者人闲笔不闲，

携孙竟日画钢钳。

野牛猛虎驱瘟疫，

劲舞狂飙威震天。[1]

1.钢钳、野牛、猛虎、瘟疫、狂飙、威震天皆为变形金刚名。

春雪

2020 年 2 月 14 日

夜雨纤纤凝玉霙，
千枝万朵落京城。
梅花应解梅坡意，
白里凝香自纵横。

再读《忧乐天下——范仲淹传》

2020 年 2 月 14 日

捧读范公传，

重温字万金。

碧云黄叶落，

苦酒黯乡斟。

划粥割齑志，

筑堤兴学荫。

伯夷留墨迹，

新政奏强音。

忧乐分先后，

勋名耀古今。

庙堂思进退，

养浩道存真。

满江红·庚子战瘟神

2020 年 2 月 18 日

鬼雨魑风，庚子岁，瘟神暴桀。云吞日，塞村阻路，闲车空阙。
荆楚遍闻黄鹤唳，龟蛇一锁长江咽。叹晴川，芳草笼硝烟，舟帆绝。

天地啸，心泣血。行逆者，生离别。赖三军勇士，白衣英侠。
北水翻腾高浪卷，南山激荡豪怀烈。火雷神，大道镇妖魔，东方晔！

读《杨绛传》 (孤雁格)

2020 年 2 月 20 日

深居避疫傍梨斋，
世纪鸿儒清卷开。
髫龀生情如竹马，
凤鸾鼓瑟共琴台。
修篱种菊春泥护，
剪烛围城风絮裁[1]。
学贯中西人景仰，
天成双璧最贤才[2]。

附：李铁先生次韵奉和范兄《读〈杨绛传〉》

孤灯长夜亮书斋，诗诵高贤妙笔开。

谱就华章惊鬼魅，迎来红日照楼台。

何曾野菊山人种，未觉东风柳叶裁。

世事沧桑存傲骨，天公有爱降英才。

（李铁 辽宁省新宾县人，诗词爱好者，同乡同道好友。抚顺市浑河诗社会员）

---

1. "春泥""风絮"均为杨绛作品；
2. "最贤才"，钱锺书誉杨绛"最贤的妻，最才的女"。

二月二戏作 (折腰体·新韵)

2020 年 2 月 24 日（庚子二月初二）

雨水迎来二月龙，

攘灾驱疫盼箕星。

莫谓宅家无美馔，

偷盘猪耳佐孤盅[1]。

1.避疫在家不敢出门，借倒垃圾进楼下超市买袋猪耳朵，民俗二月二吃猪头肉。

龙抬头

2020 年 2 月 24 日

雨水邀来二月龙，

初升角宿曜新茸。

残冰碎雪掩苍翠，

赤胆白衣降毒凶。

阳气回生呈大象，

阴霾荡尽露真容。

樱花烂漫江城日，

黄鹤楼登第几重？

宅居满月吟

2020 年 2 月 27 日（二月初五）

谚曰春回六九头，

鼠年寒气锁江楼。

元宵灯暗云遮月，

龙日河封冰塞舟。

琢句拈须尊李杜，

画图练笔牧狮牛。

推窗怯倩街边柳，

共遣东风到鄂州。

春觅

2020 年 3 月 3 日

闷家日久意彷徨，
料得街边柳色黄。
莫道春归无觅处，
傍梨斋里溢诗香。

年来未染墨有作

2020 年 3 月 3 日

砚田荒日久，

四宝已蒙尘。

欲寄降瘟志，

徒怀悯爱心。

朝思松雪韵，

夜梦右军神。

切盼除封日，

狂毫泼酒樽。

惊蛰寄怀 [1]

2020 年 3 月 5 日

晴光乍起喜春归，

雨浥江城樱正肥。

戏柳黄莺新绿啭，

衔泥紫燕旧檐依。

牛耕阡陌犁烟霭，

鹤舞龟蛇盼曙晖。

羁客慵窗期放踵，

楚天燕地共芳菲。

1.此律在湖北广播电视台、湖北省文联举办的"诗词的力量——同心抗疫诉衷情"全国诗词征集活动荣获古诗词类二等奖。

收到胞姊寄来家乡特产 （古风）

2020 年 3 月 7 日

躲疫宅家久，

餐桌蔬米贫。

忽传顺丰仔，

桑梓寄佳飱。

野草胜肴馔，

长姊比慈恩。

千里鹅毛重，

百感手足亲。

家珍乡味熟，

京客泪沾襟。

三春晖难报，

岂得寸草心？

题霞辉照

2020 年 3 月 9 日

似火涛花卷碧空，

飞轮旋转照天红。

椰风海韵伴歌舞，

夕照霞辉共月明。

庆春泽·鹤舞云天[1]

2020 年 3 月 22 日

雪压花苞，霜欺树杪，梅香未解春寒。庚子初来，邑封路堵门闩。冰心素魄无由见，瘴雾遮，难露真颜。盼江城，芳甸晴川，早散硝烟。

舜尧齐奋降瘟疬，赖八方勇士，四海征鞭。报捷班师，龟蛇荡楫同欢。折柳相送长亭外，共袍裳，结草衔环。迓亲归，雨架飞虹，鹤舞云天。

1.此词收录于由对联杂志、野草诗社联合出版的《庚子浩歌——野草诗社抗疫诗词楹联作品集》。

品好友寄明前茶

2020 年 3 月 22 日

莫道深居不识春，

浮氲烟绿嫩芽匀。

壶中犹滴江南露，

漫品兰芝胜美醇。

下楼偶见

2020 年 3 月 28 日

下楼取货眼前鲜，

翠鸟声声出玉兰。

宅客昏昏封闭久，

不知春色满庭轩。

奉和何小平
《送别援鄂白衣天使》

2020 年 3 月 30 日

江城新雨濯晴川，

鹤舞琴台泪泫然。

披甲白衣争逆旅，

执坚赤胆解民悬。

龟蛇折柳情丝绕，

翁妪叩头恩泽绵。

报捷班师荣故里，

济人英气傲云巅。

附：何小平先生《送别援鄂白衣天使》

疫去春回奏凯旋，送君一步一潸然。

披征霜染白盔甲，惜别血融红杜鹃。

生死逆行纾国难，波澜倒挽解民悬。

楚江全作班师酒，何及胞情浓九天。

（何小平，中国楹联学会会长助理，野草诗社常务副社长。）

幽居趣作

2020 年 3 月 31 日

莫谓屯家度若年,

紫壶烹雪品茶禅。

凭窗唯见楼头月,

耽枕频翻榻上笺。

健步厅堂伸踢甩,

操刀厨灶炒蒸煎。

涂描写画天伦趣,

长发飘然学浪仙[1]。

1.宅家 3 个月未理发,发长触肩;浪仙,贾岛字。

题海浪夕阳照

2020 年 3 月 11 日

远观山隐雾朦胧，

近听波涛拍岸声。

浪涌风吹堆玉雪，

霞辉落照映飞琼。

叹春

2020 年 4 月 2 日

半个画师青面虎[1]，

一枚长发白头翁。

园中柳舞桃林暗，

何日茶楼酒肆兴？

1.宅家闲来为外孙画"青面虎"变形金刚。

趣题

2020 年 4 月 3 日

　　宅家无事，外孙令姥爷画画。每至下午太阳西照，外孙依窗东望，对着反射的金黄色楼群说：看那些楼那么"金"，故借童语戏作绝句。

幽居日久何聊赖，

乐与孙儿写画吟。

忽见轩窗回望处，

蒙童东指点楼"金"。

清明心语

2020 年 4 月 4 日

声声杜宇涕春枝，

亲盼归期未有期。

游子关河空落泪，

冰凌花雨寄哀思。

庚子清明

2020 年 4 月 4 日

韶光暗度易前缘，

又惹乡愁闻杜鹃。

已遇残春催冷絮，

何堪世祸覆晴川。

冰凌露滴离人泪，

黄岭雾笼香纸烟。

怅憾凭窗空寄北，

风吹梨雪慰寒泉。

咏冰凌花

2020 年 4 月 4 日（清明）

林间崖畔雪莲身，

漱玉缠冰意态匀。

不与群芳争俏色，

暗开金盏报新春。

小园畅怀（孤雁格）

2020 年 4 月 8 日

荷锄侵晓草堂西，

种菜青门乐不疲。

架绕藤秧瓜豆坠，

日蒸汗水垄田滋。

树间鹊闹落花雨，

荷上蛙鸣入酒卮。

底事吟翁多爱醉？

春风播下满园诗。

登北宫山

2020 年 4 月 22 日

云清潭碧伴晴川，

五色山描五彩泉。

红柿掌灯燃胜景，

荻花吹雪舞霜阡。

蒲抽紫棒倚天剑，

树染黄栌薛史笺。

无电手机欺聩瞀，

逢衢问路解心悬。

与洪思兄台缘聚一年有寄

2020 年 4 月 11 日

竹盏盛来梵净山，

仙游畅饮醉峰巅。

杯中装满乡思梦，

更盼交觥话曲言。

西江月·惜春

2020 年 4 月 24 日

百二十天星月，六千里路关河。天涯咫尺聚无多，惜矣三春枉过。

好梦空随飞絮，闲愁乱比丝萝。何期暮雨与朝歌，切待飞桥架鹊。

伤春

2020 年 5 月 3 日

玉英翠萼带春霾，
小巷梨花为谁簪？
不见枝头飘六出，
门前绿树已成荫。

应成继跃先生嘱题

2020 年 5 月 5 日

本支百世，俎豆千秋。慎终以追远，望族之永修。应继跃兄雅嘱，为其续写成氏谱牒，特成四韵以贺。

秦兴古镇寓韩城，

德俊堂中瑶牒成。

祖德宗功垂福泽，

孙贤子孝振声名。

修齐继世曰仁义，

书翰传家乃读耕。

玉树芝兰隆盛岁，

本支百代续丰荣。

母亲节寄怀

2020 年 5 月 10 日于京华傍梨斋

齿衰情更切，

常梦北堂萱。

懿德卅年续，

慈怀九子存。

侍亲虚有待，

行孝愧无门。

祈愿时光返，

唯酬跪乳恩。

品尝姊妹寄家乡山菜

2020 年 5 月 12 日

猫爪嫩芽和野芹，

沾泥带露引芳津。

碟盘盛满家乡味，

饕餮辽东半月春。

理发

2020 年 5 月 15 日

四月索居长发飘，

一朝剪却乱蓬蒿。

浓霜淡墨如飞白，

萧散纵横走笔毫。

欣尝家乡山菜感怀 <small>(新韵)</small>

2020 年 5 月 17 日于京华傍梨斋

槐雨携风爽我心，

顺丰百世叫频频。

龙须猫爪藏新绿，

晨露夕晖浸野珍。

桑梓敬恭思愈笃，

手足契阔眷尤深。

来年约聚南山下，

畅举春醪太子滨。

忆老井

2020 年 5 月 18 日

房前有老井，

榆柳护荫深。

木栅存真色，

石阶留屐痕。

一肩担日月，

两脚载风云。

掘井人安在？

清泠鉴古今。

乌拉

2020 年 5 月 19 日

谁家熟手匠心裁，

一块牛皮竟做鞋。

脚底铜钉三五掌，

溜冰破雪踏春来。

乌拉（wùlɑ）又写作"靰鞡""兀剌"，其名称来自满语对皮靴称谓的音译，是一种东北人冬天穿的用牛皮做的"土皮鞋"。东北话往往把乌拉的后一个字读成"噜"或"喽"的音。

闲笔

2020 年 6 月 16 日

新发冠情复宅家¹，
婆丁枸杞泡温茶。
闲翻天月《东坡传》，
夕露朝云伴书华。

1.北京新发地复现疫情。

又到父亲节

2020 年 6 月 21 日

一隔阴阳二十冬，

常于梦里见音容。

育人耕读泽千载，

明性文章慧九龙。

厚德博怀传祖训，

修身济世衍华宗。

何方再觅清忠影，

唯有黄岗岭上松。

端午忆旧

2020 年 6 月 25 日

又逢重午话端阳，

游子梨斋忆故乡。

采艾寅时霞带露，

绕丝五彩瑞呈祥。

凤仙草染佳人指，

黄米醅醵老汉肠。

最是额娘手包粽，

裹香缠福佑儿郎。

手机视频复课而作

2020 年 6 月 22 日

庚子闹新冠，

乍平旋复燃。

同城人异域，

一网笔相连。

录影传心画，

隔窗耕砚田。

何期瘅毒灭，

华室满松烟。

沉痛悼念田家先生

2020 年 7 月 21 日

田家，辽宁营口人，《秋霜诗词》总编。昨日惊悉噩耗，英年早逝，惜才华殒没，悲情难抑，聊寄四韵悼念。

> 辽天忽报陨诗星，
>
> 夏降秋霜雷雨鸣。
>
> 未晤仪容人已去，
>
> 欲吟悲句韵难成。
>
> 杏坛四秩传经道，
>
> 词谱千篇刊誉名。
>
> "拾萃""撷英"遗大爱，
>
> 文宗风雅树旗旌。

画兰

2020 年 8 月 16 日

拙笔重临五色池，
信涂兰草两三枝。
初描凤眼少波媚，
纸上幽香心底诗。

重写兰花

2020 年 8 月 17 日

宅久无新句，
金风入竹兰。
丹青描凤眼，
雅韵出毫端。

欣尝乡友李子

2020 年 8 月 20 日

收到乡友李铁同道寄来家乡李子，乡味浓浓，舌尖甜甜，情溢笔端。

紫绿黄红挂粉霜，

携珠含露送秋芳。

梨斋欣品乡珍果，

慢咀酸甜忆梓桑。

周末写兰

2020 年 8 月 22 日

两匹油条一卷花，

仙桃乡李伴香茶。

残宣余墨天清色，

临窗听雨撇兰芽。

清雅

2020 年 8 月 23 日

双休备课闲，
余墨写幽兰。
赭石皴双竹，
题诗雅俗间。

再访大梨树

2020 年 8 月 30 日

解脱宅京客，
驱车丹凤驰[1]。
远山望霁岫，
近水弄荷姿。
泼墨南窗下，
挥锄北岭陲。
柴门闹鸡犬，
村茗煮新诗。

1.丹凤，指丹东凤城市，大梨树村坐落于此。

给外孙理发

2020 年 9 月 12 日

毫末功夫指下磨，
轻推慢走上山坡。
参差长短犁铧过，
依旧毛头小帅哥。

辽东秋韵

2020 年 9 月 12 日于大梨树

篱栅丛丛卵石磨，

层林五色染山坡。

爬墙瓜蔓伴沉醉，

饮露菊花扮锦罗。

清气高怀云岫韵，

顽鱼悄戏小残荷。

秋光竟与诗人老，

笔底多情任放歌。

访农家

2020 年 9 月 15 日

小院亭廊占早风，

衔珠缀玉自玲珑。

蜿蜒石径浮云里，

错落徽檐秀岭中。

藤架排排盈翡翠，

垄畦串串挂灯笼。

地偏心远无尘扰，

散澹霜天一醉翁。

乡村即景

2020 年 9 月 15 日

溪泉洄柳岸，

金菊乱篱东。

霞蔚霜枫火，

雾漫荷浦风。

秋英迷蛱蝶，

长豆挂梧桐。

放眼夕阳外，

云蒸山里红。

小院秋色

2020 年 9 月 19 日于大梨树

山谷送清气，

霜皴五色图。

园铺红翡串，

树坠玉晶珠。

浩露滋棠果，

轻风漾野凫。

我同君共醉，

煮韵入诗壶。

秋收

2020 年中秋节于老家

中秋回老家，与家人共同收割玉米，虽几十年不曾挥镰，但农技仍不减当年。

晨雾轻霜润垄畦，

银镰起处晓云低。

躬身手舞蹄犹奋，

乐把秋英作画题。

秋山拾趣

2020 年 10 月 3 日于老家

云雾掩人家，

深山噪雀鸦。

田头剜荠菜，

河里捉蛤蟆。

霜染枫如火，

露滋菇似花。

同厨煎野味，

玉盏伴清茶。

永遇乐·庚子中秋咏怀

2020 年 10 月 5 日

庚子中秋，姊妹们从四面八方回归故乡大姐家欢聚，浓情美景，佳肴乡味，勾起无限遐思。

六秩文痴，四京居士，桑榆非晚。翠蝶[1]飞亭，黄花笼栅，墙角禽声乱。金风清景，彤云紫气，霜叶山头烂漫。干支转，欣逢双节，手足八方同献。

挥镰骑垄，煮茶温酒，共遣兴怀宵旦。倦鸟归兮，故园相悦，翼翼堂前燕。饼分九瓣[2]，月明一室，忆昔乡愁无限。看中庭，芝兰玉树，辉生老院。

1.翠蝶，花的一种，又名六倍利，桔梗科，半边莲属植物，大姐家庭院遍植此花。

2.饼分九瓣，因家贫，中秋节买月饼，用刀切分，孩子们每人一瓣。

《芝兰玉树》四韵结尾诗

2020 年 11 月 15 日

家骥人贤出俊良，

唐风晋韵墨生香。

诗书昭衍千秋瑞，

忠孝承传百世昌。

太水迢迢歌锦绣，

平山屹屹耀焜煌。

漫寻轨迹接芳踵，

玉树芝兰福泽长。

家乡四季图

2020 年 10 月 19 日

春雨无声润九重，
百花争艳夏芙蓉。
秋风阡陌翻金浪，
冬日檐垂玉乳冰。

清平乐·题自制包

2020 年 10 月 23 日

昔时裙袄，倒柜翻箱找。裁剪拼缝废变宝，纯是手工制造。

人勤手巧心灵，女红针黹皆能。街市一包挎肘，胜过路易威登。

重阳念双亲

2020 年 10 月 25 日

别来九四又重阳[1]，

断雁惊寒声带霜。

远望故园风揾泪，

苦吟旧句韵含伤[2]。

黄岗落叶萧萧下[3]，

金菊长丝淡淡香。

儿绕孙欢无再复，

空遗愧憾叹离殇。

1.九四，家慈 29 年前农历九月初四离开子女，驾鹤西去。

2.近日整理家严诗联遗稿，更怀悲伤。

3.黄岗，家乡祖茔所在地——黄沟西山。

题秋景美图

2020 年 10 月 25 日重阳节

莫言秋晚少花枝，

霜染层林五色披。

倒映残荷浮碧影，

漫飞枯荻舞烟姿。

篱边黄菊陶公醉，

石上丹枫杜牧痴。

信取晖光留美景，

露滋翠袖指流诗。

宅后初航趣作 (新韵)

2020 年 10 月 31 日上午于大兴机场

疫情过后始航程，

背上双肩欲北行。

戏逗外孙爷像甚，

小儿脱口"大学生"。

谒碑林不值

2020 年 11 月 29 日于长安

与金融作协常务副主席龚文宣先生出席陕西金融作协换届会，会间欲同谒西安碑林。奈因时间紧迫，到门口已近午。因下午续会，故未能如愿，匆匆返回。

满街黄紫落梧桐，

携友偷闲逛古城。

大雁塔前留个影，

隔墙遥寄谒碑情。

访第一口井未果

2020 年 11 月 30 日

由吕维彬先生驾车与栾晓阳同去大庆，欲访王进喜第一口井，因临时修葺而未果。

夕阳晚照桦林间，

油机磕头如拜年。

欲访初颜说修葺，

隔栏慕仰铁人镌。

岁杪暨退休五周年感怀

2020 年 12 月 23 日

两鬓萧疏童稚心，

形骸放浪纵情吟。

湖毫徽墨三生爱，

晋雨唐风一路歆。

亦热亦凉多况味，

半聪半聩少烦襟。

瀹泉吹雪壶中月，

快意梨斋写古今。

谒京西曹雪芹纪念馆

2020 年 12 月 25 日

飞车两骑向山阿，

古树新藤花满坡。

魏紫姚黄堆锦绣，

金钟玉带唱熙和。

折筠为箸品三味，

把酒当歌叹几何。

敬与芹翁相对饮，

人情世事费吟哦。

迎新开笔

2021 元旦

夕霞晚照送流年，
往事翻裁雨带烟。
世祸小虫罹浩宇，
人间大爱覆晴川。
倾怀热泪先贤迹，
振羽长毫老院篇。
浊酒一壶浇块垒，
山花烂漫看新元。

傍梨斋十年

2021 年 1 月 15 日

少小离家作客游,

四京居士爪泥留。

梨枝飞雪露含雨,

兰寓嬉孙羊作牛¹。

三里河东挥翰墨,

十年笔底写清流。

傍梨斋里观风物,

秋月春花一望收。

1.余乙未年生，肖羊。

立春逢《芝兰玉树》付梓

2021 年 2 月 3 日

金牛载得律回新，

雪缕冰丝涤旧尘。

墙角蜡梅非早信，

墨香先点玉兰春。

喜获外孙赠送生日礼物

2021 年 2 月 4 日（庚子腊月二十三）

七色蛋糕如彩虹，

纤纤小手绘丹青。

金牛贺岁一方卡，

载满爱孙无限情。

遥贺姊妹团聚

2021 年 2 月 13 日

拱手朝东贺大年，
亲情手足挂心田。
人分两地情银汉，
遥举觥筹忆椿萱。

辛丑春节

2021 年 2 月 14 日

傍梨斋里迓牛年，

情越关河手足牵。

老叟轸怀翻《玉树》[1]，

萌孙嫩笔篆春联。

麻花火勺家乡味，

扇贝青螺渤海鲜[2]。

梦舸心帆添墨韵，

同书九域洒金天。

1.《玉树》，余编著的《芝兰玉树》一书简称。

2.姊妹们从家乡寄来的各种年货。

拨拉锤 [1]

2021 年 2 月 15 日

两个圆锥尖相连，

转如飞碟静如船。

竹钩倒吊金锚起，

斗浪迎风麻做帆。

1.拨拉锤：纺纱、线或细麻绳用的手工工具。木制较多，长 20~25cm，形状两头粗（直径
10cm 左右），中间细（直径 1~1.5cm 左右），像两个圆锥尖对尖地连为一体，中间安竹钩或
铁丝钩。把棉絮、棉纱或麻批儿固定在钩上，吊起来，用手拨其旋转就把棉絮纺成纱，或
把纱纺成线，或把麻批儿纺成细麻绳。用于纺做鞋的麻绳居多。结构简单，制作容易，20
世纪几乎家家都有。陕西、河南等地称"拨吊"，东北等地称"拨拉锤"。

六六生辰 [1]

2021 年 2 月 23 日

开元余庆绕庭扉，

雨水春风入翠微。

姣耳玫瑰送祥瑞 [2]，

心香载福满堂辉。

1.余今年虚岁 66 岁。

2.姣耳，即饺子。由东汉人张仲景发明。

辛丑元宵节阖家猜谜感咏 _(孤雁格)

2021 年 2 月 28 日

疫魔何以阻欢年，

辛丑开元共月圆。

一介书生谋虎乐，

八方智士斗牛颠。

雕虫巧技技全概，

崇雅家风风独妍。

谜海探骊春色近，

九州再庆丽云天。

获湖北省文联获奖证书有寄

2021 年 3 月 5 日惊蛰

惊蛰喜闻《惊蛰》奖[1]，

楚燕宁泰忆嵯峨。

春来再奏同心曲，

嫩柳黄莺任放歌。

1.拙律《惊蛰寄怀》（见前 234 页）在湖北广播电视台、湖北省文联举办的"诗词的力量——同心抗疫诉衷情"全国诗词征集活动荣获古诗词类二等奖，今日惊蛰喜得证书。

奉先叔父归里并家乡见川蜀兄弟

2021 年 5 月 20 日

别梦萦乡里，

相拥涕泪流。

未怜承膝下，

留憾入黄丘。

老院故人语，

清溪柳笛讴。

关山难隔阻，

脉脉此情幽。

辛丑端午

2021 年 6 月 14 日于傍梨斋

晨起乘地铁到上地站，再步行至京郊采艾蒿。

披霞蹚露上高庄，
采竹薅莲艾叶香。
生性乐求仪式感，
禳灾纳吉保安康。

别月坛

2021 年 6 月 21 日

中国长城资产公司由月坛搬迁至丽泽新楼，余亦告别退休后用了 5 年半的工作室，迁至金融出版社大楼《金融文坛》办公室。

十年光景若云烟[1]，

半是凡夫半是仙。

小屋读经成一统，

长毫濡纸写千篇。

衙斋渐远心烦少，

诗墨弥亲气韵绵。

莫谓离居无所适，

西迁泽地耕新田[2]。

1.自 2011 年 2 月从南京调到长城资产公司总部，已逾 10 个年头。

2.泽地，丰台区益泽路 2 号中国金融出版社大楼，《金融文坛》杂志社迁此办公。

金石乐

2021 年 6 月 25 日于大梨树

余大学期间，与同学共操刀刻石。毕业后因工作繁忙而荒废挂刀。今年忽发奇想，网购篆刻工具，于大鹏网学习篆刻，旧业重操，宝刀再试。

浅斟岁月漫磨研，

旧艺重操金石缘。

圆印当从方印出，

朱文且作白文镌。

飞龙走马游方寸，

敲韵挟风歌大千。

皓首清心尚何欲？

诗书画印享余年。

水调歌头·夏日辽东采风¹

2021 年 7 月 21 日于大梨树

　　旅次大梨树，避暑入农庄。晨光曦露，晓雾曚昽马头墙。满眼柿红瓜绿，一片蛙鸣蝉噪，伏雨叩檐廊。山泉洗星月，石板阅沧桑。

　　寻旧履，吟佳句，咏凤凰。采风男女¹，楼台亭阁引清商。蜓戏小莲尖角，鸟宿含烟村树，紫燕绕华堂。弄韵桃源里，翰墨溢芳香。

1.采风，《金融文坛》杂志社与中国金融文学艺术社联合在大梨树创作基地举办文学采风、培训班，余组织并主持活动。

感采风者而作（新韵）

2021 年 7 月 28 日于大梨树

采风者——湖南蒋晓明先生是摄影爱好者，为拍摄凤凰山日出，夜宿山顶岩石，自带干粮、矿泉水。有感于此，成七律赞佩之。

攀岩何惧势峻嶒，

抢摄金乌壮此行。

夜宿虎头星做伴，

晨兴牛背鸟呼朋。

松涛万壑迎风起，

云海一川盼日腾。

醉染朝霞添脚力，

摩天顶上我为峰。

采风偶得

2021 年 7 月 28 日于大梨树

采风期间，伏雨连绵，溽热汗蒸，挥毫为采风者泼墨。两天授课，大梨树村文学翁媪闻讯旁听。感之虔诚文学情怀，以律记之。

溽暑东回谒凤凰，

林溪岫谷送清凉。

雨花共与山花闹，

汗水并同墨水香。

遍地锦霞铺稻菽，

满庭芳曲醉翁娘[1]。

夜阑酌句心扉里，

雅韵兴来吟梓桑。

---

1. "遍地锦""满庭芳"皆为词牌名。

大梨树基地种秋菜趣记 （新韵）

2021 年 8 月 7 日

　　立秋，夏季蔬菜已下架，拔出西红柿、黄瓜秧，翻垄成畦。村里购得白菜、萝卜、芫荽、菠菜等种子，独自挥镐下种。

时逢立秋日，

挥镐向东篱。

起垄二三处，

刨坑四五畦。

雨晴墒正好，

云淡气方宜。

卅载不曾耜，

村夫笑我迂。

闲居大梨树

2021 年 8 月 10 日

梨乡久住洗空灵，

心远地偏身放形。

伸手抓来一桌绿，

仰头望见满天星。

为消块垒胸舒啸，

但琢辞章韵雅馨。

瀹茗临窗听山雨，

逸怀野老白头翁。

辛丑杂诗

2021 年 8 月 22 日于老家平顶山

微信致梨乡，

欲知田垄事。

小院东篱下，

菜苗出土未[1]？

1.此句指立秋在大梨树创作基地起垄种秋菜。

人生似圆

——品读高中自兄《圆来如此》新著有作

2021 年 8 月 31 日

白云苍狗渺尘烟，

霜鬓青衫不计年。

木凿随形规直曲，

水行任器性方圆。

始终如"一"遵公理，

生死归零悟定禅[1]。

万物永恒成大道，

循环往复顺天然。

1.高中自先生系中国金融作协副秘书长，出版《人生似圆》著作，总结发现"010"万物运行法则。

为许曙明先生遍游神州作 [1]

2021 年 9 月 1 日

秦陇嵯峨世界殊，

天涯仗剑一雄儒。

足量四极江山域，

笔绘千篇烟雨图。

探险寻幽朝碧海，

穿云逐浪暮苍梧。

敢称当代徐霞客，

壮矣中华大丈夫。

1.许曙明先生，甘肃人，中国作家协会会员，旅行家，走遍中国东西南北国界，被誉为"当代徐霞客"。

梨怨

2021 年 9 月 15 日

租借地路北有四棵梨树，年年春天花开似雪，然而到秋天未待果熟便被路人打掉，惜之，恨之。一直想为之吟诗而不得。今见《野草》网刊以"我欠秋天一首诗"征诗启事，遂成此句。

傍居梨苑十年期，

我欠秋天一首诗。

春日篱边花似雪，

秋来谁见果登枝？

咏美人蕉

2021 年 9 月 18 日

《野草诗社》以"美人蕉"为题，征诗。

气如修竹体轻肥，

朝露夕霞凝玉辉。

鹤立芳丛诗客醉，

何时采得美人归？

晚舟归棹

2021 年 9 月 26 日

25 日，华为公司副董事长、首席财务官孟晚舟被加拿大法院释放，国人为之庆贺。有感于此，以四韵贺之。

朗月清辉照锦秋，

松风梅骨傲全球。

正非曲直凭天鉴，

狼狈美加应自羞。

几度沉浮增浩气，

千余日夜泛中流。

冲云破雾鲲鹏展，

举国欢欣迎晚舟。

辛丑中秋寄怀

2021 年 9 月 21 日

中秋孤独影，

两地望星辰。

圆饼情双系，

长空月一轮。

清辉怜玉兔，

仙笔慕诗神¹。

岁岁当斯夜，

何期好梦真？

1.诗神，此处指苏轼。

谒鲁迅故居

2021 年 10 月 7 日

值国庆假期，独到京城鲁迅故居拜谒。临别购得几枚书签存念。

雨频难得秋光好，

犹自怀情谒鲁园。

翻撷芸签三五帧，

朝花夕露沁书轩。

国庆节回乡

2021 年 10 月 7 日

驾车三百里，

尽赏九秋天。

岭上开新菊，

林间掬碧泉。

风亭金蝶舞，

篱院火枫燃。

姑嫂摘香辣，

弟兄收谷田。

碗盛青野味，

壶煮绿茶烟。

把酒话丰岁，

微醺老屋边。

重阳上云蒙山 _{（孤雁格）}

2021 年 10 月 15 日

　　参加老干处于 10 月 13 日—14 日（九月初九）组织的重阳节活动——登云蒙山，采摘水果。

秋到蒙山色更浓，
天清气爽树龙茸。
风琴弹落几枝绿，
霜笔描来万点红。
索道情幽云脚近，
灶台鱼美酒樽空。
借将汉唐三千墨，
写尽高标醉媪翁。

附：张国才师兄步韵七律：

龙子湖

昨，拜读振斌先生《重阳上云蒙山》诗作，大受感染。今步其韵，作《龙子湖》和之。

龙子湖滨秋色浓，波光潋滟草蓬茸。
莺梳翠羽枝头绿，枫抹胭脂面颊红。
倒影楼台分远近，横斜斑竹叹虚空。
长竿垂钓如挥墨，一卷丹青一老翁。

2021 年 10 月 28 日写于郑州龙子湖

　　（张国才，又名林子，1953 年生，辽宁辽阳人，中华诗词学会会员，中华辞赋社会员，《中华辞赋》编委，财政文学学会副会长。）

耳疾两年趣记

2021 年 10 月 31 日

泉飞蝉噪奏商宫，

老叟惯听心气融。

天上雷鸣摇滚乐，

河东狮吼耳边风。

何曾屈膝多孤傲，

无奈低头频俯躬。

半聩半聪方悟道，

糊涂经渡北窗翁[1]。

1.北窗，辛弃疾《水龙吟》："老来曾识渊明词，问北窗高卧，东篱自醉，应有别，归来意。"
此处喻悠闲自得。

喜立冬遇雪

2021 年 11 月 7 日（立冬）

立冬京城降雪，未待赏银杏黄叶，便花落叶飞。即景口占七绝记之。

初雪逢冬一夜来，

风研五色点阶台。

秋英底事随缘落，

伴与琼芳并蒂开。

题雪后红果照

2021 年 11 月 16 日

冰凝树间果，

北国觅知音。

雪下藏红豆，

晶莹两颗心。

谒齐白石北京旧居

2021 年 12 月 3 日

古斋四合隐京畿，

翠竹笼扉映画池。

饿叟庭前挥妙笔¹，

两三榴火点寒枝²。

1.饿叟，齐白石号。

2.院南端白石雕像前有株石榴树，枝上残留几个石榴，红如火炬。

乔迁

2021 年 12 月 30 日

23 日杂志社徙迁太平桥附近的首科大厦，绝句记之。

岁杪迁来又一村，
翰府东庭著新论。
生财赐福发祥地，
承泰启平堆玉门。

66 岁生日暨毕业 40 年抒怀

辛丑腊月廿三

时光易老心难老，

书卷管锥如故人。

四十功名随日月，

六旬烟雨任风尘。

水穷云起天行健，

耳聩神宁道悟真。

瀹茗烹诗终有韵，

乐将宿墨点新春。

岁杪寄怀

2021 年 12 月 31 日

参横斗转日晴明，

过隙龙驹自远行。

塞耳少闻身外事，

长毫劲泼意中情。

评章格韵书生气，

篆玉走刀金石声。

体健神宁尚能饭，

犁云耒月乐相赓。

附：杨春林兄《和振斌兄〈岁杪寄怀〉》

　　　　星移斗转月罿明，牛岁时光又远行。

　　　　吟唱诗词成正事，奏琴作曲表真情。

　　　　公园会友餐欣气，珠岸消闲听浪声。

　　　　发白神清无减饭，春秋冬夏乐长赓。

（杨春林，大学同窗，曾供职于中国工商银行福建、广东分行。广东金融文联副主席，中国金融作协会员。）

后记

此书是我的第三本诗词集。

我是低产诗人（如果算个诗人的话），一年作品不过百首，有情则兴发，无病不呻吟。2016年初退休后，劳碌半生终于有时间做自己喜欢的事，不期然，"副业成主业"，爱好变职业，生活变得更充实、更丰富、更愉悦。此著即为我自2015到2021年末七年间的诗词选集，共322首。

我大学期间学的是工业会计专业，毕业后投身财政、金融界。摆弄数字的人偏偏与文字结下不解之缘，即使后来步入仕途也从未离开过文字——爱好文学、书法，对诗词、楹联情有独钟，盖因家族基因和文化传承对我的影响吧。

此集名曰《寄傲南窗》，乃化用陶渊明《归去来辞》中名句：倚南窗以寄傲，审容膝之易安。关乎寄傲之志，历代文人多有表达，晋陆云《逸民赋》：眄清霄以寄傲兮，溯凌风而颓叹；唐司空图《连珠》：苟惭白首而待聘，不若沧州而寄傲；宋陆游《休日留园中至暮乃归》：尽道官身属太仓，未妨寄傲向林塘；宋扬公远《次宋省斋立秋》：且效柴桑人，寄傲南窗下；宋李处全《满庭芳·初春》：家山乐，南窗寄傲，唯有晦翁知。古人的诗句道出了我的心志和追求，更是书名的最好诠释。

2011 年初告别供职五年的南京漂到北京，已逾十一年矣，苍狗白云，光阴荏苒。十一年来一直寄居于租借地，租借地小区道旁有四棵梨树，故给租借地起了个雅号"傍梨斋"——傍人篱壁之谓也。果真是傲视之情、狭小之地容易使我心安，"此心安处是吾乡"。

余生性孤傲，甚至有些叛逆。我的家乡有条小河，自东向西流过门前，正如东坡所言：门前流水尚能西。或许这条逆大势而西流的河水滋养、锻就了我的秉性吧。我常借诗自喻："难得低头为读史，偶来屈膝为嬉孙"（自作诗《述职》），不会仰人鼻息、承颜欢笑，不擅"随口蹋痰、掇臀捧屁"。我崇尚松梅风格，"天生傲骨铮铮，懒同桃杏比雌雄""高洁堪化雪，亮节啸清风"（自作诗《临江仙·画松》）。清高傲兀之禀性不肯苟同，且像诗词先贤们一样借诗词达情慰心。

诗是中国文化的灵魂，中国文化是诗学编码，诗已经沉淀到中国人的心灵深处。古老灿烂的中国文化蕴藏着诗的意境，诗的风神：唐诗瑰丽而奔放，吟出大唐盛世的盖世风骚，绝伦于万古；宋词豪放又幽婉，唱尽两宋兴衰之沧桑，流芳千年。在国力日盛，国学复兴的今天，"戴着脚镣跳舞"的格律诗作者并没有将应有的自由心灵一并铐住，依然诗思泉涌，佳作迭出，为古老而博大的诗词海洋输入新的溪流，为当代诗坛辟出一泓"天光云影共徘徊"的清澈"方塘"。

我倾心于古体诗词学习与写作盖四十有年矣。我生在兴京（辽宁新宾），仕在盛京（沈阳），游在南京，漂在北京，故有"四京居士"自号。不同地域，不同文化，不同语言，不同风景，造就了不同时间、地点的作品内容和风格气韵。环境养育人，更造就人，同时也深深影响诗文的特性和气质。我在诗词创作过程中，既表达辽东汉子戆直、质朴、豪放的气度，又有江南茗窗竹榭、小桥流水的婉约；既抒发乡间闾里、山水田园的农家风情，也不乏展现知性学子的书生意气和激扬文字，唯独摒弃的是仕宦生涯和虚名浮世的浪传虚辞。余诗作从内容上分，无外乎田园、咏怀、记史、乡愁、游记和赠答等，力求以诗言事，以诗记史，以诗达情。仗剑以歌，传情以韵，除此，别无他求。

我写诗不求数量，更不求以此博得功名。权且作为言志、抒怀、舒啸之媒介也。"千秋万岁名，寂寞身后事"，不企求身后的不朽，只求在有生之年，以文字为伴，岁月当歌，用我的平仄诗律记录我的坎坷足迹、蹉跎岁月，留下它们，以供记载和辨认我走过的路。

一堆尚未出版的诗草始终是半成品，仍然可能被修改甚至被丢弃，但当它们以一本书的形式呈现在作者和读者面前时，它才第一次获得了独立的生命和最终的认可。如果说文学创作如同分娩，那么读自己刚刚出版的作品就好像看到新生的婴儿，会有一种异常的惊喜，既陌生，又骨肉相亲。

"半游宦海半耕田"，"墨迹容当足迹留"（自作诗）。凭着顽固的真性情和热恋的诗词癖，仕宦多年并未影响我的文学创作，权力和事务都不能摧毁我对文学的追求与痴迷，反而这个文学癖能赋予所掌握的权力一种诗意理想、所操办的事务一种鲜活格调，立足于人生全景，走出狭隘庸鄙，从而获得了看待世事自由的角度和随性的眼光。有真情实感才有抒情的真实，有对生活的真切观察体验，才有叙述的真实和动人的力量，否则只能矫情、煽情。同时，诗要写感觉和心情。我追求流畅、质朴、独特的文风。诗的使命是复活语言，唤醒感觉，即让寻常的词语在陌生化的组合和巧妙搭配中，借独特的意象表达情感，激发不寻常的魅力。但总而言之，写诗于我不过是一种记录思想和情感的个人活动。

为了阅读的连续性和整体性，此书体例按年序编排，每首诗词都标注写作时间，有的还标出写作地点，以便更方便阅读、理解和回忆。我偏嗜循规蹈矩，诗依《平水韵》，词遵《词林正韵》，个别以古风、新韵凑之，尚请贤者方家自辨也。

出版一本书并非易事，不免要劳烦一些同道好友，要麻烦出版社的编辑、校对和美编等工作人员，在此对为本书付出时间和精力的好友一并深表谢忱！这里，特别感谢杨洪思同乡学友操刀作序，骈词骊句为拙著增辉添彩！诚挚感谢《金融文坛》杂志社闫星华总编辑的鼎力相助！有同道朋友的热情支持和悉心关照，方获遂初愿。

作者

壬寅处暑于京华傍梨斋